# Jul på stylter

Bøger på Forlaget Books-on-Demand: af samme forfatter:

**Den digitale litteraturs velsignelser**

**Dovne Kenneth** – eller troen på utroskab (roman)

**Dalredage** (diesel-haiku)

**Natvilje** (roman)

**Jagten på en far** (roman)

**På kontoret for glemte sager** (noveller)

**Salatspiserens hemmelighed** (roman)

**Flyve-Havre** 1 – 8

**Sjælehandleren** (noveller)

**Den helt særlige pinsefrokost (noveller)**

**Tanker om forår og tøvejr (digte)**

**Connies Bog**

**Kun 550 kvinder pr. mand (noveller)**

**Jamen, det er så svært at gå på vandet om sommeren, sagde hun (noveller, kortprosa)**

**Tragedien om Ofelia (Hæfte 1)**

**Den fortabte datter (noveller)**

**I tilgivelsens labyrint (noveller)**

Henrik Neergaard

# JUL PÅ STYLTER

Små tricks

til et vaklende

julehumør

JUL PÅ STYLTER



Forlag: BoD · Books on Demand GmbH,
In de Tarpen 42, 22848 Norderstedt, Tyskland
Tryk: Libri Plureos GmbH, Friedensallee 273,
22763 Hamborg, Tyskland
ISBN: 978-87-4305-997-4

# Mellemrumsmåned

Det er november. Det er mørkt, og det er nat. Det er det bare. Det er jeg nødt til at indse. Sommeren er forbi, efteråret er forbi, og det er november. Ikke helt vinter endnu, men det er lige før. Det er heller ikke helt jul endnu. Eller slet ikke, det er jo slet ikke i nærheden af jul, det er først om en måned, eller lidt mere endda. November er sådan en måned, hvor det er lige efter og lige før. En mellemrumsmåned. Efteråret et forbi, det rigtige efterår, det fejende flotte efterår, med oktobers flotte farver, med raske traveture i skoven. Nu er det bare surt og mørkt og trist. Og alligevel heller ikke rigtig vinter med flotte snedækkede landskaber. Og der er stadig lang tid til jul.

Det er en måned, hvor man venter på julen og dens hygge. Hvor man tænker tilbage og længes, og tænker frem og håber. En overgangsmåned. En ventesalsmåned. En filosofiens måned, eller i hvert fald lommefilosofiens.

Tankernes måned, længslernes måned, de langtrukne, senede tanker, de svært fordøjelige tanker. Den slags ranker, man tænker, når man sidder i en ventesal, for eksempel på en gammeldags jernbanestation, hvor toget er længe om at komme. En af de stationer, hvor ventesalen stadig er åben for de rejsende, og måske endda opvarmet. Så man da i det mindste ikke skal stå ude på perronen i blæst og kulde og vente og vente på et tog, der er forsinket, fordi der ligger nedfaldne blade på sporet, sådan som der jo gør her om efteråret.

Men hvis der nu stadig er en ventesal, der er åben, så sidder man der i den slidte og lidt forfaldne ventesal. Og måske har det regnet hele dagen. Sådan rigtig novemberregn. Ikke styrtregn, men stille silende dagsregn, og der ligger en let tågedis over landskabet. Ikke sådan en tæt ærtesuppe, hvor man ikke kan se en hånd for sig. Men bare en let dis, der slører konturerne af alting og får det til at virke, som om aftenmørket og skumringen kommer endnu tidligere end ellers.

Så begynder man at sidde og filosofere over tilværelsen. Måske er det en afklaring af noget, men har gået og tænkt over. Nu hvor man har tid til at sidde og tænke over det i fred og ro. Eller måske en delvis afklaring, sådan i det små. Hvor man pludselig indser, hvad det handler om. Det synes man i hvert fald lige i øjeblikket. Problemet er bare, at man måske gætter forkert, for en slags gætteri er det jo nok. Så det er en falsk afklaring, eller måske ligefrem en forplumring. November er slet ikke så enkel og ligetil.

Men hvis man ikke lige har noget, der trænger til at blive filosoferet over, så kan man let komme til at sidde og kede sig, inden toget kommer, og juleræset går i gang. Julekritikerne vil selvfølgelig sige, at november med al dens væsen er en nødvendig forudsætning for at gå helhjertet ind i juleræset om de helt store hyggegevinster. Den banker i hvert fald motivationen for det kraftigt i vejret. Når først man er kommet igennem novembers ørkenvandring, så er man parat til at overgive sig så meget desto mere fuldt ud og helhjertet til alt, hvad der har med julen at gøre. Måske kan man ligefrem beskrive november som en slags sjælelig fastemåned, der skærper appetitten på al julens glade budskab om grænseløs hygge.

# Moster Aase og vinteren

Hun var jo ikke ligefrem særlig vinterbegejstret. Men hvis det endelig skulle være, så havde hun det faktisk tit sådan, at så foretrak hun noget lidt mere rigtigt vintervejr. Med sne og sådan. Men ikke for meget sne. Ikke sådan noget med kæmpesnedriver og en halv meter sne, som standsede trafikken og satte det hele i stå. Så blev det for surt og besværligt.

Men hun syntes, det var så trist med alt det grå og sure vintervejr. Når det så oven i købet også var så mørkt på denne årstid. Når det sneede, så lyste det da i det mindste lidt mere op. Det så så smukt ud, når man gik en tur sådan en dag, hvor det lige havde sneet. Den del af det kunne hun godt nyde. Bare det holdt sig på det plan. Så kunne hun godt lide at gå en tur rundt på villavejene, sådan en eftermiddag, hvor det lige var holdt op med at sne.

For eksempel sådan en stille og rolig og helt uforjaget søndag eftermiddag, hvor alle ugens pligter er overstået, alt er på plads og i orden, som det skal være, og man har gjort det, man skulle, og nu kan man slappe af med god samvittighed og bare tage den med ro. Og hvis det så lige var begyndt at sne lige der omkring frokosttid – eller måske lige lidt før. I løbet af formiddagen, sådan omkring ti-tiden måske, så der havde nået at falde et helt pænt lag sne, men heller ikke for meget. Ikke noget snekaos her – bare lige sådan så det så rigtig smukt og kønt ud.

Og så – omkring ved den tid, det var blevet nu, det vil sige omkring ved to-tiden om eftermiddagen, når frokosten var spist og faldet godt på plads i maven, uden at man havde behøvet at forjage sig med det heller, og opvasken var klaret og det hele sat pænt på plads, så var det næsten det helt perfekte tidspunkt til at gå en lille tur hen ad de nærmeste villaveje.

Sådan en rigtig stille og afstressende spadseretur ad de søndagsstille småveje gennem kvarteret med de store gamle villaer i de store gamle og som regel temmelig tilgroede haver, der ofte ikke virkede helt så tilgroede på denne årstid, hvor der ikke var blade på træerne, men virkede meget mere åbne og lyse og indbydende her om vinteren, og når det så oven i købet lige havde sneet. Det var det allerbedste tidspunkt til at se på gamle villahaver, syntes hun. Der, hvor de tog sig allerbedst ud og egnede sig rigtig godt til en gang rigtig romantiske tanker og fantasier om dengang, da alting var meget enklere at have med at gøre – i hvert fald når man tænkte tilbage på det.

Hvor sneen stadig lå som en dekorativ dyne over det hele – så nyfalden og ren og smuk og ren, som nogen kunne ønske sig, på den der julekortsagtige måde, hvor den gav det hele et forsonende skær og dækkede alting med et drys charmerende uskyld, som hun nogle gange formulerede det for sig selv i sine tanker. Ikke nok med, at den nyfaldne sne var smuk i sig selv – for det var den jo helt uomtvisteligt, når det altså vel at mærke var den rigtige slags sne, der var tale om. Men oven i det, så skjulte den jo også på den mest barmhjertige måde alt det gamle rod og skrammel og uorden, som hun jo også udmærket godt vidste, at der tit lå en hel del af rundt omkring i haverne og mange andre steder.

Selv alle de skævt liggende eller ligefrem sønderknækkede fortovsfliser, der af og til irriterede hende, og som der havde været en voldsom vækst i her i de senere år, de blev skånsomt dækket af sneen, så man næsten ikke opdagede, hvor galt det var fat. Det samme gjaldt næsten i endnu højere grad alle de mange visne eller ligefrem halvrådne blade fra træernes efterårsafklædning – og i øvrigt også den efterhånden meget hullede og lappede asfalt på mange af vejbanerne – især her på de små villaveje.

For slet ikke at tale om de triste vintergulnede græsplæner og blomsterbedene med de sørgelige rester af de visne og for længst afblomstrerede stauder og udplantningsblomster rundt omkring i haverne. Det var næsten, som om det blev en helt anden verden ar se på. En bedre og smukkere verden. Selv resterne af de visne stauder blev forlenet med deres egen, minimalistiske form for skønhed, når et par enkelte strå eller stængler af den slags stak oven ud af snelaget og måske duvede en ganske lille bitte smule i den svage brise.

Det var sådan noget, hun kunne lide ved sne og snevejr. Og faktisk kun det. Men hvis det var den rigtige slags, så forskønnede det faktisk tit verden og kunne endda undertiden indgyde nyt mod, håb og tro på det hele igen. Men det skulle kun være på den der beherskede måde. Det skulle ikke være et kæmpe tykt lag sne. Det skulle ikke overdrives. Allerhøjst 10 centimeter sne. Helst mindre. 4-5 centimeter var bedre. Og et jævnt lag over det hele. Det skulle ikke være snestorm eller kraftig blæst, så det føg sammen i store snedriver, der kunne give masser af besvær.

Det skulle ikke være tungt eller besværligt at gå i. Så var der jo ikke noget ved det. Der skulle ikke være så stort og tykt et snedække, så de små veje lukkede til og gjorde det besværligt for dem, der skulle på arbejde eller af sted for at besøge familie eller venner. Det skulle ikke være sådan, så det var svært at komme frem. Eller så bilen ligefrem kørte fast. Og der skulle være en ordentlig snerydning, så snart sneen havde ligget højst et døgns tid og ikke længere var frisk og ny og smuk at se på.

Ikke noget, der generede folk eller skabte problemer for trafikken eller på andre måder. Det tjente jo ikke noget formål. Sneen skulle bare ligge der og se smuk og flot og rigtig dekorativt ud og dække over alt det grimme. Så det på næsten magisk vis kunne få verden til at se skøn og dejlig og uberørt ud igen. det var sådan det skulle være.

Det skulle heller ikke være frostsne, for de der små hårde frostsnefnug var så tilbøjelige til at fyge sammen i store upraktiske og dybest set fuldstændig meningsløse snedriver, som ingen havde brug for. De lå bare og spærrede for det hele. Det var jo ikke dramatik eller problemer, hun ønskede, det var bare ro og stilhed og en smule fred i sindet, hun var ude efter. Det var det, hun ønskede sig, ligesom så mange andre.

Nej, så skulle det meget hellere være tøsne. Den rigtige, gode slags tøsne. Det var det bedste. Det var sådan, det skulle være. Det så så flot ud ned de der dunstore hvide snefnug, der stille kom dalende ned. Eller måske snarere muntert dansende. Sådan syntes hun faktisk nogle gange det var, når det var allerbedst. Men de skulle helst ikke kommende hvirvlende ned, som de jo også nogle gange gjorde. Så var det for voldsomt. Absolut ikke nogen hylende snestorm, heller ikke selv om det var de store fnug af tøsne, sådan som det jo også nogle gange var. Nej, ingen snestorm, tak! Det var absolut ikke det, hun ønskede.

Og det skulle jo også helst være holdt op med at sne igen, når man tog vinterfrakken og det flotte strikkede halstørklæde og de nye, ekstra forede vinterstøvler på og gik en tur ud i den af sneen forædlede og forskønnede vintereftermiddag, sikkert for det meste der omkring ved to-tiden om eftermiddagen. Det var i hvert fald som regel omkring ved det tidspunkt, hvor hun selv plejede at gøre det. Eller muligvis en halv eller en hel times tid senere, afhængigt af, hvordan det var gået med at afvikle de fleste af weekendens pligter, der jo helst skulle være på plads inden da for de flestes vedkommende.

Men man skulle heller ikke vente for længe med sin gåtur. Det skulle helst være mens det stadig var lyst, det var helt afgjort det bedste. Så det skulle helst ikke være meget senere end klokken halv tre. Og helst ved to-tiden. Så passede det også fint med, at man kunne nyde at gå sin eftermiddagstur og nyde den uberørte, nyfaldne sne, og så komme hjem til en passende tid til en rigtig hyggelig eftermiddagste, måske ligefrem en slags light-udgave af sådan en rigtig engelsk five-o-clock-tea, som man jo havde læst om i nogle af de klassiske romaner, der foregik på de store godser og herregårde, og som englænderne vistnok stadig holdt fast ved, i hvert fald i de lidt finere kredse i den højere middelklasse og overklassen, og som et begreb, der var velkendt for de fleste, selv om de måske ikke selv havde tid til det i deres travle hverdag.

Men tøsne skulle det være. Ingen tvivl om det. Det så nu engang så smukt ud, når de store, måske næsten lidt våde fnug af tøsne for eksempel blev liggende på selv de mindste grene og kviste på ethvert tænkeligt træ eller busk inden for synsvidde. Det var noget af det smukkeste og mest dekorative, hun kunne komme i tanker om. Fuldstændig som taget ud af et julekort.

Men det allerbedste var selvfølgelig, når man selv gik i den helt nyfaldne sne, og helst som den første, der satte sine fodspor eller rettere sagt skoaftryk i den. Bare det at gå der lige så stille og roligt og forestille sig, at det var en helt ny og ren og uberørt og meget bedre udgave af verden, der lå der og strakte sig foran hende og bare ventede på at blive betrådt og taget i besiddelse. Det var sådan en dejlig fornemmelse. Sådan en beroligende følelse, syntes hun. Dejligt afstressende at gå der på de stille villaveje ud på eftermiddagen og være den allerførste, der satte sine fodspor i den nyfaldne sne.

Så føltes det næsten, som om hele verden var hendes og alle muligheder stod åbne. Så var det, som om det hele faldt på plads igen. det var sådan en dejlig afslutning på en travl og arbejdsom uge, hvor der hele tiden havde været drøn på med at ordne det ene og det andet og det tredje næsten hele tiden. Så havde man brug for en slags frikvarter, hvor man kunne slappe af og lade op og gøre sig klar til en ny travlhedsuge.

Men det var altså også det eneste aspekt ved vinteren, som hun virkelig brød sig om. Eller faktisk det eneste lille hjørne af vintertiden, hun overhovedet havde det godt med. I modsætning til Kenneth, som så helt anderledes på det. Men der dog et punkt, hvor de kunne mødes. Og det var glæden ved en søndag eftermiddag at gå ud på en spadseretur i den nyfaldne tøsne. Her var der trods alt noget, de kunne blive enige om.

Det kunne de begge to godt lide. Det var dejligt, at der endelig var et punkt, hvor de var enige og havde den samme holdning til tingene. Og endda ikke blot nøjes med at være enige. Men også at gøre noget ved det. Ganske vist var det ret sjældent, at vejret artede sig på den måde, men når det endelig skete, så plejede de faktisk, at de fulgtes ad, næsten arm i arm, på nogle ofte ret lange spadsereture ud på de snedækkede småveje, som der var mange af lige i nærheden af det kvarter, hvor deres hus lå. Det var efter manges mening en af de ting, der var med til at holde sammen på deres ægteskab, at de havde nogle ting af den slags, som de stadig kunne være fælles om.

Skade kun, at det efterhånden kun var ganske få gange i løbet af en almindelig, normal dansk vinter, at vejret og sneforholdene var til det. Det siges jo af mange – og er vist nok statistisk underbygget, at der plejede at være meget mere sne om vintrene i gamle dage – og også netop af denne her slags. Så måske er det en medvirkende årsag til de mange skilsmisser, der finder sted i vore dage. Ja, hvem ved. En eller anden forklaring må der vel være.

# Julegløgg er hårdt arbejde

Nu gjaldt det de indendørs sysler. De sande vinteraktiviteter. Hun tog en af sine opskriftsbøger frem. Hun havde først omhyggeligt valgt, hvad for en af dem, det skulle være. Hun havde nogle stykker at vælge imellem. Det havde hun unægtelig. Hun var faktisk lidt stolt af sin store samling af opskriftsbøger. Det foretrak hun at kalde dem. Hun brød sig ikke så meget om ordet kogebøger. Det var for upræcist, mente hun. Der var jo opskrifter på mange andre ting end de madretter, der skulle koges. Desuden syntes hun, at de ledte tankerne lidt for meget hen på sådan en gammeldags kogekone, og det var ikke sådan, hun ønskede at opfatte sig selv.

Nogle af hendes opskriftsbøger var meget gamle. De ældste af dem gik helt tilbage til hendes tip tip oldemor. De var ret forskellige af størrelse og udseende. Nogle af dem var store tykke, indbundne bøger, mens andre var små, beskedne hæfter. Nogle af dem var notesbøger.

Hvor hendes formødre med sirlig håndskrift havde noteret deres bedste opskrifter og gode råd om madlavning ned. Det var dem, hun holdt allermest af.

Det var netop en af dem, hun nu havde valgt at tage ned fra reolen. Hun gav sig til at bladre i den for at finde en rigtig god opskrift på julegløgg. Det var snart ved at være tid til den slags. I hvert fald til at gå i gang med at forberede det. Det var noget af det, der kastede et lidt mere formildende og forsonende skær over årstiden. Ganske vist betragtede man ofte gløgg som noget, der hørte snævert sammen med julen og julemåneden, det vidste hun jo udmærket. Det var nok sådan, de fleste opfattede det. Men hvorfor skulle man være så bundet af vanetænkning, spurgte hun ofte sig selv. Det var der vel egentlig ikke nogen grund til.

Så hun gjorde det lidt på sin egen måde. hun plejede hvert år at begynde på tilberedningen af årets julegløgg allerede midt i november, eller endda ofte før. Hun syntes, at november var mindst lige så god en gløgg-måned som december. Ja, måske endda endnu mere oplagt. For i december var der så mange andre ting, som man kunne trøste sig med og hygge sig med i mørket og kulden. Men det var der ikke i november. Så der kunne behovet for julegløgg være mindst være mindst lige så stort. Eller faktisk større.

Men nu gjaldt det om at finde den helt rigtige opskrift til årets julegløgg. Det var nemlig ikke den samme opskrift, hun brugte hvert år, det ville være alt for kedeligt og ensformigt efter hendes smag. Og hun havde jo så mange forskellige gamle opskrifter at vælge imellem, også når det gjaldt en ting som julegløgg. Forskellene mellem de enkelte opskrifter på gløggen var måske ikke så store, ville mange sikkert sige.

Det grundlæggende i dem var jo det samme. I de fleste af dem, i hvert fald. Der var faktisk nogle af de ældste, der var en hel del anderledes end den måde, man laver gløgg på i det moderne samfund. Men selv mellem de nyere opskrifter på den herlige juledrik var der små forskelle.

Små smagsnuancer, som en øvet og trænet gløggdrikker straks ville lægge mærke til og anerkende som udtryk for kvalitet og godt håndværk.

Hun lavede naturligvis altid sin julegløgg selv, helt fra grunden. Alt andet ville være utænkeligt. Ja, lige bortset fra vinen, selvfølgelig, for den var hun jo nødt til at købe færdiglavet. Den fremstillede hun trods alt ikke selv. Det var deres have alt for lille til. Selv om hun i sine mest vilde øjeblikke faktisk havde leget med tanken, for efterhånden var Danmark jo ved at blive et vinproducerende land. Selv om kvaliteten af den vin, man kunne dyrke her i landet, vist stadig ikke kom helt på højde med den vin, der blev importeret fra udlandet.

Men krydderiblandingen, og hvad der ellers skulle i, bortset fra selve vinen, det bestemte hun jo selv, og her var der mange flere variationsmuligheder, end de fleste mennesker normalt var klar over. Hun brugte som regel aldrig den samme opskrift to år i streg. Variation skulle der til. Hun satte en ære i afveksling og kreativitet på dette område, ligesom på så mange andre. Det var noget, som hendes familie og deres venner og bekendte i høj grad værdsatte. Ikke mindst for julegløggens vedkommende.

Selv om det godt kunne variere lidt fra år til år, hvor stor begejstring årets julegløgg vakte. Der var jo også nogle individuelle forskelle mellem de forskellige familiemedlemmer. Nogle var mere åbne over for eksperimenter på dette område, mens andre var mere konservative. Selv i hendes familie var der faktisk nogle stykker, især blandt den ældre generation, der foretrak den helt traditionelle julegløgg uden den mindste afvigelse fra det, de var vant til – og det ville for deres vedkommende sige den færdiglavede julegløgg. Den, man kunne købe færdigblandet. Eller med sådan en færdigblandet krydderiblanding, som man bare skulle hælde i noget rødvin. Den slags havde hun svært ved at føle ret meget andet end foragt for. Tænk at være så meget et vanedyr og at begrænse sig til det, man kendte i forvejen. Tænk på alle de ekstra smagsoplevelser, den slags mennesker snød sig selv for.

Men de fleste var da heldigvis tilfredse, eller endda mere eller mindre begejstrede for hendes kreativitet og hendes udfoldelser på det her område. Det var dem, der labbede hendes julegløgg i sig, som var den sendt fra himlen for at forsøde den hårde og kolde november, december og januar.

For sådan var det nemlig. Ikke nok med, at hun havde udstrakt gløggperioden til november, men når hun nu var i gang med at bryde med konventionerne, så kunne hun jo lige så godt tage januar måned med også. For det var da i allerhøjeste grad også en kold og trist måned, hvor man tit kunne have behov for en god og velsmagende drik som gløgg til at hæve både humøret og kropstemperaturen, når man kom hjem efter sådan en kold og blæsende januardag med snestorm og dårligt føre eller silende dagsregn.

Hvis julegløggen altså rakte så langt. Det gjorde den dog som regel. Efterhånden var hun blevet god til at beregne, hvor meget der skulle til, for at det rakte, så der var nok til alle i den forlængede gløggperiode. Men der havde været enkelte frygtelige år, især i starten, lige efter at hun havde udvidet den årlige gløggtid, først til november, og senere til januar, hvor hun havde undervurderet, hvor meget der skulle til, så den var sluppet op længe før tiden. Der var et par år, hvor den var sluppet op allerede en uge eller to inde i januar. Et enkelt særlig slemt år var den sågar sluppet op allerede 4 dage efter nytår. Men det år havde den også været særlig vellykket. Alle syntes, at den var helt fantastisk, og så blev der naturligvis også drukket mere af den.

Når man regnede hele gruppen af nærmere og fjernere familie med, og alle venner og bekendte, og endda undertiden også bekendtes bekendte, der lige kom for at smage på, så var det absolut ikke noget, man kunne nøjes med at betegne som en lille gruppe i nogen som helst acceptabel betydning af det ord. Og i årenes løb var den kun vokset, efterhånden som rygterne om hendes julegløgg spredte sig stadig længere omkring. Så det var efterhånden ganske betragtelige mængder af julegløgg, hun hvert år skulle tilberede.

Hun havde fået for vane at tilberede hele den nødvendige portion af sin hjemmelavede gløggekstrakt på én gang, så der var nok til hele det års, eller rettere sagt, hele den vinterperiodes, forbrug af gløgg. Så kunne den stå og lagre og modnes og fermentere og udvikle sig til nye smagsmæssige højder i de store tanke nede i kælderen. Jo længere tids lagring, jo bedre blev den. Der var mange, der mente, at den først nåede sit højdepunkt efter nytår. Derfor var der efterhånden også flere af de mest ivrige tilhængere af hendes gløgg, der havde opfordret hende til at gå i gang med den årlige tilberedning allerede midt i oktober. Eller allerhelst i starten af oktober.

Enkelte foreslog endda, at hun skulle begynde allerede i september, så gløggen kunne få noget længere tid til at blive rigtig vellagret i. De syntes faktisk, at det var lige lovlig sent, når hun først begyndte på at brygge gløgg helt henne i november måned. Og hvorfor ikke – spurgte de – hvorfor ikke lave en endnu større portion end hun plejede, og så udstrække gløgg-sæsonen med yderligere en måned og tage februar med.

For det er jo også en mørk og kold vintermåned, hvor man nok kunne have brug for noget at varme sig på og hygge sig med, mens man døjer med de ofte ganske hårde rester af vinteren og utålmodigt venter på de første strejf af forår.

Men det syntes Moster Aase nu alligevel var at gå for vidt. Man skulle heller ikke overdrive det. Hver ting til sin tid. Desuden kunne hun nu også godt lide, at der stadig var et vist minimum af respekt for de gamle agtværdige juletraditioner, og det forklarede hun da også omhyggeligt til dem, der kom med de allermest vildeste forslag til, hvordan hun skulle gøre. Desuden var det her noget, hun nok selv skulle bestemme, så der var egentlig ikke så meget at komme efter for dem, der stillede de der overdrevne krav til hende.

Men de mest ihærdige af dem gav nu ikke op så let. Det gjaldt for eksempel Kenneths fætter og hans kone. De var begge to stærke og voldsomme tilhængere af, at hun skulle starte på at forberede årets julegløgg så tidligt som muligt. De prøvede energisk at overtale hende til at starte tidligere med alle de argumenter, de kunne finde på. For eksempel sagde de, at det jo kun var selve ekstrakten, hun skulle tilberede der i starten af september, så den kunne få ekstra lang tid til at stå og lagre i og blive endnu bedre. Det var det, der var det vigtigste for dem, sagde de. Så kunne man såmænd godt vente med at begynde at drikke af julegløggen til den sædvanlige tid, som efterhånden var blevet en uges tid inde i november. Det kunne de godt acceptere, hvis det skulle være.

Men det argument hoppede hun ikke på. hun vidste så godt som nogen, at det var da i hvert fald fuldstændig urealistisk. At stå der ned en kæmpe portion færdiglavet gløggekstrakt, der bare skulle tilsættes en masse rødvin og lidt snaps, og så vente omkring to måneder med at begynde at servere den – det havde da ikke nogen gang på jorden, som politikerne i TV plejede at sige.

Det ville da aldrig nogen sinde kunne lade sig gøre i praksis. Folk ville jo hurtigt begynde at plage hende dag og nat om at få lov til at smage årets gløgg, når de hørte, at den faktisk allerede var blevet brygget og var klar til at blive besmagt. Med de mængder, der skulle til for at der var nok til alle, så ville det være umuligt at holde det hemmeligt.

Så hun holdt fast ved sin gode gamle og velprøvede model. Det havde hun gjort tydeligt for alle. Og nu var det faktisk blevet tid til at starte på det store arbejde. Men først skulle hun i gang med at finde årets opskrift på, hvordan den helt perfekte julegløgg skulle være. Det var nemlig ikke nogen selvfølge. Hun satte en ære i, hvert år at overgå sig selv med en julegløgg, der var endnu bedre end den, hun havde frembragt året før. Samtidig havde hun så mange forskellige opskrifter på gløgg, så det alene af den grund kunne være vanskeligt at vælge mellem dem. I øvrigt havde hun for sig selv lavet en uskreven regel, der gik ud på, at julegløggen skulle være forskellig fra år til år. Markant forskellig. Altså kun med hensyn til de finere smagsnuancer. Den skulle selvfølgelig stadig holde sig inden for grundkonceptet. Men ikke noget med bare at tage opskriften fra året før.

Nej, hvert år skulle der nye boller på suppen. Eller nye krydderier i gløgg-ekstrakten, for at sige det mere præcist. Det var lidt ligesom med nogle af de der nye, moderne mikrobryggerier, der var skudt frem, syntes hun. De eksperimenterede jo også i høj grad med nye og lidt anderledes øltyper, hvor de tilsatte en masse mere eller mindre utraditionelle ting til det øl, de bryggede. Det var nogen lunde sådan, hun også gjorde. Den sammenligning kunne hun godt lide.

Hun følte sig faktisk ret meget i slægt med de bedste af de nye mikrobryggerier, der blev drevet af dygtige entusiaster, der var kreative og opfindsomme på ølbrygningens område. Det kunne jo ikke nægtes, at det også gjorde opgaven lidt sværere, især når gløggen også helst skulle blive endnu en tand bedre end den fra det foregående år – men samtidig gjorde det jo også arbejdet langt mere spændende og mere udfordrende. Det var nok i virkeligheden det, der gav hende det største kick ved hele det store arbejde, som det jo også var. Hun følte sig næsten som en slags kunstner på området.

Både hendes familie og alle vennerne glædede sig hvert år til hendes talrige invitationer til såvel store som lidt mindre gløggfester og komsammener med gløggservering hen igennem de tre julemåneder, som det jo efterhånden havde udviklet sig til. Det var faktisk sådan, det omtalt i denne kreds. Først var der før-julemåneden, det vil sige november – så kom den gamle, klassiske julemåned december, og den blev så efterfulgt af efter-julemåneden, som var januar. Sådan skulle det være, syntes de. For hvad var en selv nok så god fest uden en efterfest? Det var blevet sådan, at alle så frem til den velsignede julegløgg, der skulle hjælpe dem med at komme igennem tre af årets hårdeste og mørkeste måneder med humøret i behold. Det betød jo også, at hun hvert år følte, at der hvilede et stort ansvar på hende for at lave en endnu mere fantastisk julegløgg til dem end den fra året før. Den perfekte julegløgg, simpelthen. Mindre kunne ikke gøre det. Det var det, der var udfordringen. I hvert fald at nærme sig mere og mere til det mål år for år. Og der skulle naturligvis også være nok af den, så der var rigeligt til alle gennem hele den lange periode. Ingen måtte gå skuffede bort uden julegløgg – heller ikke sidst i januar. Det var heller ikke nogen hemmelighed, at efterspørgslen steg for hvert år, der gik, i takt med at flere og flere venners venners venner blev inviteret med til de tre julemåneders stadig stigende selskabelighed med den fantastiske julegløgg som centrum.

# Hemmelige tricks til et vaklende julehumør

Det var en af de første dage i sidste uge af november, og julen var allerede godt i gang med at sætte sit præg på alting. Julemåneden var gået i gang, simpelthen. Den var ganske vist tyvstartet, som en af naboerne, den geskæftige frøken Sørensen sagde, men startet var den i hvert fald. Det var dejligt, syntes hun.

Så snart det begyndte at blive koldt og ubehageligt i vejret, begyndte hun at tænke på, at nu var det "ind under jul", som man sagde. Også selv om det kun var i slutningen af november og altså inden selve julemåneden officielt begyndte. Så skulle årets julegløgg gerne være på plads og parat til at blive serveret og nydt af rigtig mange. Det havde hun sørget for allerede tidligere i november, hvor hun havde haft et par meget travle og hektiske uger med at få det hele gjort parat på den bedst tænkelige måde.

Den store portion af årets julegløgg var nu lavet færdig og stod og modnedes til at blive endnu bedre i de store tanke nede i kælderen. Hun syntes jo ganske vist at det lød lidt voldsomt, når man ligefrem omtalte dem som store tanke, der var sat op i et af rummene nede i kælderen, hvor der var plads nok. Det var tre solide tanke fremstillet af rustfrit stål, og de havde ikke været helt billige.

Det var simpelthen en nødvendighed, hvis der skulle være julegløgg nok til alle, efter at perioden var blevet forlænget, hævdede hun. Det var et argument, selv Kenneth var nødt til at bøje sig for. Han ville jo også gerne selv have sin rigelige del af julegløggen, og den hørte ikke just til de mindste. Han var jo en af dem, der var tættest på kilden, så at sige, og det forstod han sandelig at udnytte. Han var i øvrigt ikke den type, der på nogen måde holdt sig tilbage, når det gjaldt om at tage for sig af retterne, heller ikke, når det gjaldt de våde varer.

Men nu var julegløggen altså sat på skinner for i år. Altså selve hendes hjemmelavede gløggekstrakt, som var kernen i det hele. Hun syntes selv, at den var blevet rigtig god. Så nu skulle ekstrakten bare lidt efter lidt blandes med en passende mængde god rødvin og en lille smule snaps eller anden god spiritus, som for eksempel vodka, som der efterhånden var mange, der foretrak. Ikke for meget, kun lige tilpas. Det måtte endelig ikke være det, der dominerede. Det var jo primært en hyggedrik og ikke noget, man skulle fulde sig i.

I første omgang var en mindre portion på omkring 50 liter blevet tappet af fra tankene i kælderen og var klar til brug i de næste par uger, mens resten skulle have tid til at stå og lagre og udvikle sine unikke smagskvaliteter til nye højder. Hun kom tit til at tænke på, at det faktisk mindede en hel del om de principper, der gjaldt, når man skulle producere vin af høj kvalitet.

Nu var hun så gået i gang med en af de andre juleopgaver – eller juleforberedelser, som det jo rettelig var, for det var en rigtig hyggelig beskæftigelse, som hun hvert år glædede sig til – nemlig at finde julehæfterne fra de foregående år frem. Hun købte hvert år ugebladenes særlige julehæfter, alle de forskellige, der nu var, og hun gemte dem omhyggeligt i årevis. Hun skulle jo bruge dem igen i de efterfølgende år. Sammen med de nye, der kom, selvfølgelig. Hun havde alle de store ugeblades julehæfter liggende mindst 15 år tilbage i tiden. De lå i sirlige, velordnede bunker på en reol ude i bryggerset, i rækkefølge efter hvad årgang, det var.

Nu tog hun et par stykker frem og begyndte systematisk at bladre dem igennem for at finde de ting, der bedst egnede sig til at bringe hende i julehumør i en fart. Det trængte hun til oven på en lang, kold, grå november måned, der oven i købet, her lige inden starten på december, virkelig havde skruet bissen på, sådan som det ofte sker.

Det med julestemningen var i det hele taget noget meget vigtigt for hende. Hun indrømmede gerne, at det var et af de vigtigste hjælpemidler for hende til at komme igennem den mørke årstid. Eller i hvert fald den første del af den. For det mørke og kolde vejr fortsatte jo længe efter jul. Men så måtte nytårsfesten og de ofte stadigt mere fantasifulde – eller i hvert fald mere detaljerede – nytårsforsætter stå for resten og have rollen som det, der virkede lidt oplivende på resten af vintermånederne frem til de lidt lysere tider så småt begyndte at gøre sig gældende igen. når man nåede frem til dagene omkring forårsjævndøgn der i slutningen af marts. Selv om det naturligvis overhovedet ikke kunne sammenlignes med julestemningen.

Egentlig burde man jo holde jul to gange, syntes hun. Naturligvis med al den gode, langstrakte julestemning. Måske en gang sidst i februar, eller omkring fastelavn. Der, hvor vinteren tit var hårdest og man virkelig havde brug for noget til at muntre sig lidt op. Eller måske midt i marts. Lige inden man kunne begynde at ane, at nu gik det snart mod lysere tider, længere dage og varmere vejr.

# December er et puslespil

Nu var det blevet midt i december. Det var morgen. Nej, det var faktisk formiddag. For klokken var allerede halv ti. Men hvis man ikke vidste bedre, så kunne man godt tro, at det var tidligt om morgenen. Så mørkt var det i vejret.

Hun kunne mærke, at hun blev irriteret over det grå, triste vintervejr. Hun overvejede et øjeblik, om hun skulle begynde at tænke positivt, allerede nu, hvor det stadig var ret tidligt på dagen. Det plejede hun ikke. Ikke så tidligt på dagen, før hun var blevet helt vågen og var begyndt at komme lidt mere i omdrejninger. Så måske det var bedre at vente til senere på dagen, når hun var blevet mere vågen og sikkert bedre kunne koncentrere sig om det. Hun havde svært ved at beslutte sig og sad lidt og tænkte over det. Skulle hun gøre det nu her med det samme, eller skulle hun vente til senere på dagen, for eksempel efter frokost, hvor hun som regel var lidt mere veloplagt. Eller måske skulle hun hellere vente til i morgen? Men var det ikke også lidt for slapt? Hun sad lidt og vaklede i sin holdning til det. Hun kunne ikke rigtig beslutte sig. Men så gav hun efter for trangen. Hun kunne lige så godt gøre det med det samme. Så var det gjort.

Men så måtte hun lige tænke sig om og finde på noget godt at starte med. Hun ledte lidt i sine tanker for at finde noget rigtig positivt. Hun skulle jo have noget at tage afsæt i. Men pludselig kunne hun ikke rigtig finde noget, der kunne bruges. Det skulle jo også helst være troværdigt. Hun havde faktisk mere lyst til at brokke sig over noget af det, hun var utilfreds med. Men det var jo det stik modsatte. Nu måtte hun holde fokus på det, hun havde besluttet. Hun prøvede at koncentrere sig om det. Men de ting, hun kom til at tænke på, syntes hun alligevel ikke var gode nok. Hun var vist røget ned i et lille hul af tristhed, tænkte hun. Det skete undertiden her i december, når hun havde haft juletravlt i et stykke tid. Næsten som hendes årlige ration af juleenergi var ved at være brugt op. Men så slemt var det vel heller ikke. Nu måtte hun tage sig sammen og holde op med det pjat. Hun havde stadig masser af ting, der skulle nås inden jul.

Hun måtte ikke gøre det værre, end det var. Det var nok bare et lille, midlertidigt dyk i hendes energi. Nu skulle hun bare se at klappe hesten og give den lidt ekstra julegodter. Hvad mon en hest egentlig ville foretrække som godbidder. Ud over en gulerod, altså. Hun vidste ikke ret meget om heste. Hun havde ikke fået lov til at gå til ridning som barn. Det var der ikke råd til, blev der sagt. Men der fandtes jo særligt slik og lækre ting til hunde, for eksempel. Ikke bare kunstige kødben, men også hundebolsjer og mange andre ting. Mon der også fandtes noget tilsvarende til heste? Nå, men det var da noget fjollet noget at sidde og tænke på. Det kunne jo være ligegyldigt. Hun skulle bare se at komme op på hesten igen og komme derudad. Op på julehesten og så fuld fart frem.

Men var der overhovedet noget, der hed sådan? En julehest? Der var i hvert fald noget, der hed en julebuk. Men den kunne man vist ikke ride på. så var det nok snarere et rensdyr. Det var jo dem, julemanden brugte. Ifølge legenden. Så hun måtte se at komme op på rensdyret og komme videre derudad. Men brugte man overhovedet rensdyr som ridedyr? Brugte man dem ikke mest som trækdyr foran en kane? Og så til at spise. Rensdyrkød skulle vist smage ret godt, efter hvad hun kunne huske, at hun engang havde hørt. Hun jo ikke selv smagt det.

Det var nok det, de spiste, der højt oppe i nord, hvor rensdyrene kom fra. Til jul selvfølgelig. Ja, de spiste det sikkert tit, men også til jul. En saftig rensdyrsteg i stedet for flæskesteg eller and eller gås. Det ville vel være det mest naturlige. Måske ville det endda være et både bedre og sundere alternativ til det, vi plejede at spise til julemiddagen her i landet. Det kunne være, man skulle prøve det.

Og så var der faktisk også en anden ting at glæde sig over. Der var efterhånden kun 7-8 dage til det blev vintersolhverv. Der, hvor lyset vender, og det begynder at gå den rigtige vej, så dagene bliver lidt længere for hver dag, der går, og ikke kortere. Det var da i hvert fald også noget, hun kunne glæde sig til. Ganske vist gik det ret langsomt i starten, men det gik da i hvert fald den rigtige vej, hvad det angik.

Det var dejligt. En god og positiv ting at tænke på. Og så betyder det jo selvfølgelig også, at julen nærmer sig. Om mindre end fjorten dage var det jul. Og der var stadig masser af juleforberedelser, der skulle nås. Så det var bare med at komme i gang.

Det var faktisk de fleste af juleforberedelserne, der stadig stod tilbage at blive udført. For hidtil havde hun ikke været særlig flittig med at få dem gjort. Eller jo – det var jo heller ikke, fordi hun havde ligget på den lade side. Hun havde skam med flittig. Hun havde da allerede været i gang med både det ene og det andet. Men pludselig syntes hun, at der var rigtig meget, der manglede, og som stadig skulle gøres. Hun følte, at hun var ved at komme lidt bagud med det hele. der var så mange ting, der skulle nås inden jul. Men sådan havde hun det tit, netop på dette her tidspunkt omkring midten af december. Det kunne hun også godt huske fra de andre år.

Når opvarmningen til årets julehøjtid begyndte der i slutningen af oktober, og der begyndte at komme juleting i butikkerne og i supermarkedernes tilbudsaviser, så begyndte hun at glæde sig til, at det blev jul. Men det var mest på en ret passiv og temmelig tilbagelænet måde. det man kaldte forventningens glæde. Eller det, hun kaldte for hyggemåden. Men den var skam heller ikke at foragte. Det var så dejligt ligetil og ukompliceret. Helt uforpligtende. På det tidspunkt var der stadig omkring to måneder til at det blev juleaften, så der var ikke noget, der hastede. Hun kunne bare nøjes med at gå og glæde sig til alle de ting. Som hun snart skulle i gang med af juleforberedelser og julesammenkomster og solid julehygge. Men uden at hun behøvede at foretage sig noget særligt. For der var jo stadigvæk masser af tid.

Men problemet var bare, at hun havde fået en rigtig dum vane med at blive hængende i denne fase lidt for længe. Hun knoklede selvfølgelig hvert år med at gjort ekstrakten til årets julegløgg klar, men når det så var på plads, så følte hun tit, at så havde hun altså også gjort sin pligt, eller i hvert fald den vigtigste af dem, og så kunne hun godt tillade sig at slappe af og tage den lidt med ro. Det var for så vidt også godt nok, bare man ikke blev stående der for længe, men det var lige præcis det, hun var blevet mere og mere tilbøjelig til. Og så opdagede hun pludselig, næsten til sin store overraskelse, at nu var der faktisk ikke ret lang tid til jul, og så fik hun pludselig gevaldig travlt med at indhente alt det forsømte julearbejde og komme i gang med alle de ting, der skulle ordnes og alt det, der stadig manglede. Eller i hvert ikke var blevet gjort færdigt.

Det gjaldt naturligvis ikke mindst i forhold til familien og alle de relevante arrangementer i den anledning. En stor del af disse havde jo allerede fundet sted hen gennem de forløbne uger. Det var først og fremmest dem, hvor hendes julegløgg spillede så vigtig en rolle. Hun nød jo al den selskabelighed, som det kastede af sig. Hun fik lejlighed til at være meget mere sammen med familien og hele deres store omgangskreds end resten af året, men ind imellem kunne det også godt være anstrengende at skulle stå for alle disse arrangementer.

Heldigvis var hun selv blevet ret god til at organisere ting, så det kørte på skinner, når bare der var julegløgg nok. Og tilstrækkeligt med brunkager og pebernødder og klejner og hvad der ellers hørte sig til af den slags tilbehør. Det havde hun meget godt tjek på. det var noget andet, når der var tale om de større og mere seriøse sammenkomster, der også indeholdt spisning. Det vil sige rigtige måltider, enten det store kolde julebord med de mange små retter, eller med andesteg eller flæskesteg, der skulle serveres som middagsmad for et antal gæster.

Og så var der jo også alt andet, der forberedes til en rigtig god og hyggelig jul. Der skulle pyntes op, findes julestads frem, laves juledekorationer, adventskrans, indkøbes og opsættes en stor, flot lysende juledekoration ude i forhaven, og den skulle helst være flottere eller mere kreativ end den fra året før – og helst samtidig energirigtig med så lavt et elforbrug som muligt af hensyn til miljøet. Der skulle købes nye havenisser og nye små lygter til forhaven af den slags, der er formet som en køn lille figur, måske en fugl eller noget andet, og af den slags, der er forsynet med en solcelle, der lader den op om dagen, så der er strøm nok til at den kan stå og lyse hele aftenen og natten. Der skulle købes gavepapir og julelys og tusind andre ting. Og først og fremmest var der julegaverne til de mange i familien, som de efterhånden var kommet på gave med. Det var et helt kapitel for sig, og det var ikke altid lige nemt at finde på den helt rigtige gave til hver enkelt. Hun strikkede og hæklede faktisk selv en hel del til mange i familien som en af årets julegaver. Det skulle helst være på plads allerede midt i oktober, men hun var ofte kommet bagud med noget af det, så hun først fik det gjort færdigt, samtidig med at forberedelserne til julen begyndte. Tidligere havde hun også selv bagt småkager op til jul, men det havde hun efterhånden droppet, ikke mindst fordi det var stadig større mængder, der skulle til. Så nu købte hun dem færdige, selv om det jo aldrig blev helt det samme som hendes egne hjemmebagte.

Strikkearbejdet havde også grebet om sig. Huer, vanter, halstørklæder, og også større ting. Hun havde altid godt kunnet lide at strikke, men nu var det næsten ved at tage overhånd. Det var hun nødt til at begynde på allerede længe inden jul. Faktisk allerede tidligt om efteråret. Det vil sige så snart sommeren begyndte at gå på hæld. Det var tit allerede i slutningen af august, lidt afhængigt af, hvordan vejret artede sig. Og dermed også, hvornår de vendte hjem fra det årlige sommerophold ved nordkysten. Der var allerede omkring det tidspunkt, at hun gik i gang med at strikke julegaver til familien. Så det regnede hun ikke med til de egentlige juleforberedelser.

# Historien om Mormors hjemmelavede rødkål

De havde været i biografen. Filmen, de så, hed "Mormors hjemmelavede rødkål". Den kan nok bedst beskrives som Køkkenbordsrealisme, parodi på den. Fx klassiske danske folkekomedietyper fra 1970erne. Den starter fx med en julefest. Den søde gamle mormor. Det er 3 dage inden jul. Hun kommer op at skændes med sin mand, da han kommer fuld hjem fra julefrokost. Han forlader hende for at tage hen til blondinen fra julefrokosten. Hun bliver efterladt grædende tilbage. Men så tager hun sig sammen. Hun vil holde alletiders juleaften for børn og børnebørn.

Hun roder i sine gemmer ude i køkkenet og finder sin oldemors gamle opskrift på rødkål. De næste 2 dage står hun i køkkenet og eksperimenterer med at tilpasse rødkålen til moderne forhold. Nogle af ingredienserne er svære at få fat på. Hun styrter hele byen rundt for at få fat på dem. Så står hun i køkkenet og afprøver opskrifter.

Juleaften kommer. Hendes tre døtre, der alle er enlige mødre med et barn hver kommer for at holde jul hos hende. Hun steger flæskesteg med brunede kartofler. Og brun sovs. Og masser af hendes hjemmelavede rødkål efter oldemors helt fantastiske opskrift.

Det skildres som en munter parodi på en dansk jul – som det kunne være fx i Olsen-bande-filmene. Døtrene er begejstrede for rødkålen. Den er meget bedre end den i butikkerne. Du burde da sætte den i produktion, siger de. Hun har lavet en rigtig stor portion – adskillige glas. Efter jul afsætter døtrene nogle glas til deres veninder. De er alle begejstrede.

Mormor starter en lille produktion hjemme i køkkenet. Men snart kan hun ikke følge med efterspørgslen. Men hun har ikke råd til lokaler ude i byen. De 3 døtre vil gerne hjælpe hende med at skaffe penge til en lille fabrik eller firma. Banken har sagt nej til et lån. Men døtrene hjælper hende. En bliver stripper. En finder en rig mand. Og så videre. Som det kunne være skildret i en lidt syret eller satirisk udgave af datidens Sengekantsfilm. Men den slags hører jo også ofte med til julemånedens forlystelser.

Filmen foregår i fx 1972, med datidens mode og stor vægt på seksuel frigørelse etc., datidens frisurer, boligindretning, biler etc. Og med undertoner af både Olsenbanden, Huset på Christianshavn og Sengekantsfilmene, og datidens folkelighed og politiske engagement. Et tidsbillede skildret lidt overdrevet, men med kærlig ironi. Måske kunne man kalde det en slags ”kritisk nostalgi med humor”.

Da døtrene har skaffet pengene til mormors lille rødkålsfabrik, går hun i gang. Opskriften er en fabrikshemmelighed. Man ser nogle ægtepar, der spiser rødkålen, måske først nogle af døtrenes bekendte – og straks kommer der liv i parforholdene og sød musik opstår mellem halvgamle ægtefæller, der ellers er gledet fra hinanden. Nogle af disse scener skildres som en 60er-agtig over-glad reklamefilm, eller nogle af veninderne fortæller en af døtrene om det.

Rødkålen bliver hurtigt en succes. Snart må fabrikken flytte til større lokaler (filmes kun udefra). Mormors eksmand dukker pludselig op igen – fuld og sentimental, fordi blondinen har smidt ham ud. Så nu vil han vende tilbage til mormor. Men hun er færdig med ham og siger han skal gå, for nu synes hun godt, hun kan klare sig selv uden ham. Han er rasende over at blive smidt ud. Han overfalder hende og gennembanker hende. Hun bliver gul og blå over det hele og har også brækket en arm og ben. Så hun bliver sygemeldt i et stykke tid. Og skal på rekreation bagefter.

Døtrene beslutter, at de må ansætte en direktør for fabrikken. De sætter annonce i avisen og ansætter en midaldrende mand, der virker både dygtig, flink og positiv. Men hvad de ikke ved, er at det er blondinens bror – altså hende, mormors eksmand faldt for. Blondinen har forsonet sig med mormors mand og er vred på mormor. Så nu vil hendes bror hævne sig på mormor ved at køre fabrikken i sænk og selv trække penge ud af firmaet.

Han ændrer også på opskriften. Han bruger billigere råvarer. Det bliver et underlødigt discountprodukt. Folk gider ikke købe det mere. Fabrikken kommer i krise. Folk, der spiser det, bliver skuffede og sure og begynder at skændes i stedet for at blive romantiske og kærlige. Det vælter ind med klager fra skuffede forbrugere.

Mormor er nu blevet rask igen. men direktøren nægter at forlade sin stilling. Han behandler også de ansatte dårligt. Der er flere konkrete sager. Utilfredshed blandt medarbejderne. Døtrene til mormor hjælper med at skaffe opbakning fra lokalsamfundet. I rigtig 60er protestbevægelses-stil. – eller 70er-stil – der bliver lavet en lokalkomite "Hvidovre mod mormors hjemmelavede rødkål", efter model af "Hvidovre mod atomvåben" etc. En kærlig parodi på datidens politiske græsrodsinitiativer. De laver skilte og demonstrerer.

Til sidst giver direktøren op og mormor får sin rødkålsfabrik tilbage og genindfører den gode gamle kvalitet.

Nu er det så jul igen. Endda juleaften. Berit er 12 år. Hun er af sin travle mor blevet sendt i byen for at købe en bøtte rødkål, for det har moren glemt at købe. Men det skal være den originale fra Mormors Hjemmelavede Rødkål.

Pigen løber rundt fra butik til butik for at nå det inden butikkerne lukker kl. 5 – de fleste butikker har lukket 24. dec. Kun nogle enkelte har åbent, og de har kun den dårlige udgave, der er fremstillet af direktøren, der overtog mormors fabrik.

En butiksdame i et supermarked eller slagterbutik fortæller hende historien om, hvad der skete, da ham svindleren overtog fabrikken og ødelagde kvaliteten, så det blev et billigt og dårligt discountprodukt. Så kommer hele historien om det - ses i filmisk gengivelse, altså hele handlingen i filmen – eller en tv-serie. Den lille piges juleindkøb er altså kun indledning til hele handlingsforløbet

Det nye relancerede kvalitetsprodukt efter mormors genovertagelse af fabrikken skulle have været færdigt en uge inden jul. Men på grund af obstruktion fra svindler-direktøren trækker det ud fra dag til dag -det hæsblæsende kapløb med tiden og al obstruktionen og mormors forsøg på at overvinde den følger man dag for dag i filmen – kampen bølger frem og tilbage – det nye produkt er først klar til butikkerne juleaftensdag kl. 11 formiddag – og de få butikker, der har åbent, lukker kl. 12.

Men mormor er stædig, og da alle chauffører i firmaets biler er taget på juleferie, så sætter mormor sig selv bag rattet i den gamle varevogn, der ellers var stillet til side, og kører selv ud med den nylavede rødkål til nogle af de butikker der har åbent.

Man ser hende komme kørende gennem byen. Flere korte scener, hvor der krydsklippes med scener med pigen som mere og mere hektisk spæner rundt fra butik til butik for at købe noget af den rigtige mormor-rødkål for ellers synes hun ikke hun kan være bekendt at komme hjem til sin mor (med et dårligt produkt),

Hun er mere og mere desperat. Klokken er kun få minutter i tolv, hvor butikkerne lukker. Man ser mormors varebil komme kørende og standse udenfor en lille gammeldags hyggelig slagterbutik, hvor slagtermesteren og hans kone er ved at gøre klar til at lukke butikken for julen.

Netop da kommer pigen hen til butikken og løber forpustet indenfor. Men slagterkonen siger, at de har desværre ikke fået den nye ægte gamle mormor-rødkål endnu, den er vist blevet forsinket, siger hun, så den kommer nok først efter jul.

Pigen ser meget skuffet ud. Klip til ude på gaden, hvor man ser mormor standse i varebilen og læsse et par kartoner rødkål på en sækkevogn og køre den hen til butikken. Pigen bliver ellevild, for nu kan hun alligevel få den ægte gode gamle nye mormor-rødkål, så hun kan komme hjem til en god jul sammen med sin mor og sin familie.

Det var så rammen omkring filmen – henholdsvis starten og slutningen. Skildret som en lidt overdrevet parodi på en reklamefilm for Mormors Hjemmelavede Rødkål, hvis det nu var et produkt, der faktisk fandtes, og der skulle laves en serie tv-reklamer for den.

Vi syntes jo på en måde at filmen var meget hyggelig. Den havde jo også en hel del år på bagen. Den var nok lavet engang i 1970erne. Der var noget af den samme stemning over den som i Olsens Bande-filmene. Eller Huset på Christianshavn. Meget nostalgisk. Og så gjorde det jo ikke noget, at den også virkede lidt gammeldags. Det hører jo ligesom med til julen og hele julestemningen.

# Julepyntbutikken

Det var faster Merete, der havde opdaget alle tiders spændende julebutik. Det kaldte hun den. I hele december måned levede den lille butik af at sælge lyserød julestads, der var importeret fra New York. Ja, det var selvfølgelig ikke alt sammen lyserødt af farve, men meget af det var, og det var i hvert fald tit sådan, folk omtalte det, når de skulle beskrive den sjove lille butik for venner og bekendte, der ikke selv havde fundet frem til den endnu. For butikken var ikke så ligetil at finde, hvis man ikke enten kendte nogen, der havde anbefalet den til én, eller også ret tilfældigt var kommet forbi. Det var der bare ikke ret mange, der gjorde, og det skyldtes dens beliggenhed.

Butikken lå nemlig ikke på et af hovedstrøgene, det vil sige de store indkøbsgader, og heller ikke i et af de store butikscentre. Det var heller ikke nogen butikskæde. Der var kun den ene butik, og den lå i en lille, afsides sidegade til en sidegade i et kvarter, der ellers ikke var kendt for spændende eller eksotiske butikker eller andre fancy ting, der kunne trække folk til. Hvad den lille butik så levede af resten af året, uden for julesæsonen, stod ikke rigtig klart for de fleste af dem, der besøgte forretningen. Blandt andet fordi langt de fleste af de kunder, der købte deres julestads og andre juleting der, kun kom der på den tid af året. Men da var den til gengæld velbesøgt.

Forretningen havde nemlig efterhånden fået et vist ry for at kunne levere julestads og andre juleting, der var frisk importeret direkte fra New York. Ikke bare fra USA sådan i almindelighed, men fra New York. Og fra nogle af de hotteste producenter af den slags i hele New York. Det var julestads, som ikke blot var amerikansk, men også så meget amerikansk ud. Så amerikansk, at det kun var for feinschmeckere. Folk, der var parate til at gå et skridt videre end de traditionelle danske juletraditioner. Køre den lidt længere ud, kunne man sige.

Men butikken havde efterhånden em veletableret og voksende gruppe af dedikerede fans, der år efter år vendte tilbage til den lille butik i den afsides sidegade for at købe de forskellige udgaver af dette specielle amerikanske julestads. Og det skal straks siges, at det meste af det var lavet af plastic. Og på en måde, så det tydeligt kunne ses, at det bar plastic.

Nu var det jo ikke kun julestads i snæver forstand. Altså den slags, man bruger til at pynte juletræet med. Sortimentet spændte meget videre end det. Det omfattede så at sige alt, hvad der havde med julen at gøre. Glitter og glimmer og plastic med stort P. kulørt plastic, ofte i mere eller mindre skrigende farver.

De fleste af kunderne var yngre mennesker med et lidt, skal vi sige anderledes eller alternativt forhold til julen. Eller bare et lidt mere moderne og mere afslappet forhold til julen, ville de sikkert selv sige. Nogle af dem, der ikke tog julen helt alvorligt, eller som i hvert fald havde et lidt ironisk eller humoristisk forhold til den.

Dem, der gerne ville lave lidt sjov med alt julehalløjet, og som derfor syntes, det var morsomt at pynte deres juletræ og hele deres hus eller lejlighed med masser af glitrende og skinnende amerikansk julestads, som de netop godt kunne lide, fordi det var temmelig overdrevet og anderledes i sin udformning og hele den stil, det var holdt i. I hvert fald sammenlignet med det billede af julen, som deres forældre og bedsteforældre, og også familieugebladene havde, og som de gerne ville markere en lille ironisk eller sarkastisk kommentar til.

Men i øvrigt var familieugebladene også ved at blive en ny trend blandt dette publikum. Ugeblade som Hjemmet, Familie-Journalen, Ude og Hjemme. Den slags. Men kun i november og december, hvor de var fyldt med juleting. Og naturligvis især disse blades julenumre. Disse blades udgivere lavede nemlig hvert år et særligt julenummer, der var endnu mere spækket med juleting og god gammeldags julestemning end de øvrige udgaver af bladene, der udkom i ugerne op til jul.

Mange af de faste kunder i butikken var begyndt at købe især Familie-Journalens julehæfte for at have det liggende fremme på sofabordet i julen, når vennerne og veninderne kom på besøg, bare sådan som et lille bevis på deres ironiske forhold til alt julehalløjet.

Faktisk havde hele butikkens vinduesudstilling dette år været bygget op omkring en hel masse gamle årgange af Familie-Journalens julehæfter gennem de seneste 50 år. Omkring dem var så grupperet nogle af de allermest fantasifulde og farvestrålende juledekorationer i de mest overdrevent superamerikanske udgaver, som butikkens indehaver havde kunnet opdrive.

Der var naturligvis alle klassikerne. Som for eksempel plasticjuletræer, der kunne dreje sig rundt om sig selv på deres sokkel, mens de spillede "Merry Christmas" – eller flere andre forskellige julemelodier. De forsøgte overhovedet ikke at skjule, at de var lavet af plastic – de understregede det snarere. Og de kunne naturligvis fås i mange andre farver end grønt. Herunder en neonpink, en neongrøn med lyslilla striber, eller en udgave med enten zebra- eller tigerstriber. Og mange andre. De var lavet, så de nemt kunne klappes sammen og stuves af vejen indtil næste jul.

I år var de mest solgte farver pink med lilla islæt. Orange med leopardmønster, og som noget helt nyt, en skrigende turkisfarvet med et psykedelisk mønster af citrongult, der gav en særlig flot virkning, når træet stod og snurrede rundt på højeste hastighed, mens det spillede ”White Christmas” i en gammel udgave med Sex Pistols.

Naturligvis solgte butikken også meget andet end lige det. Der var et rigt udvalg af både store og små juledekorationer, kalenderlys, forskellige størrelser og farver af stearinlys og små lys til at sætte på juletræet, og ret så fantasifuld julepynt til juletræet, naturligvis holdt i samme stil som det øvrige. Som regel var plasticjuletræerne forsynet med små elektriske lys i de mest kunstfærdige og fantasifulde udformninger. Men undertiden også i udgaver, der lignede gammeldags stearinlys ganske meget. Bortset altså lige fra de skrigende neonfarver, som butikkens indehaver havde en særlig forkærlighed for.

Som antydet, så var julepynten til at hænge på juletræet lige så fantasifuld og endnu mere varieret. En af de mest solgte ting indenfor denne genre var små flasker med whisky, rom, vodka eller mange andre slags spiritus af de mest kendte mærker, ofte camoufleret bag en fantasifuld udformning, der godt kunne lede tanken hen på de kreative udfoldelser, man ofte ser, når folk skal finde på nogle rigtig smarte eller overraskende sangskjulere til deres lejlighedssange til en rund fødselsdag eller anden stor familiefest. Dog som regel i en noget mindre udgave, så der kunne blive plads til rigtig mange af de små vakre flasker på juletræet.

Dem, der havde prøvet det, kunne fortælle, at det i hvert fald absolut ikke formindskede hverken lydstyrken eller sangglæden, når man dansede om juletræet og sang diverse julesange, mens de små inspirerende flasker blev både plukket og drukket mellem hvert vers. Hos mange havde det endda fungeret som en seriøs tilskyndelse til at genoplive den gamle tradition med at danse om juletræet og afsynge deres foretrukne julesange, efter at de ellers i mange år havde ment, at det var en lidt for gammel og bedstefaragtig tradition til at de selv ville videreføre den.

Ud over alle de mangfoldige småting så solgte butikken også andre større og dyrere ting end de amerikanske juletræer. Det var for eksempel den mekaniske julemandsdukke, som stod på en drejelig sokkel. Den kunne fås i forskellige udgaver, der blandt andet var udstyret med forskellige former for talegaver.

En af dem, der faktisk var ret populær, var en udgave, der var udstyret med en fotocelle, der reagerede, hver gang nogen gik forbi. Så fik den julemanden til at dreje lidt til siden, bukke hovedet en smule forover og sige ”Merry Christmas” eller ”Glædelig jul” – at efter, hvad man nu havde indstillet den til. Den kunne også indstilles til at synge et par linjer af ”Glade jul” eller ”Højt fra træets grønne top” . eller et par andre julesange – enten på dansk eller på engelsk – hver gang nogen gik forbi og udløste fotocellen. Det var der nogen, der elskede. Men der var også nogen, der hadede det. Især, hvis de var nødt til at gå forbi den hele tiden. Der var også nogen, der bare grinede ad det og syntes, det var for langt ude.

# Noget af et mareridt

*Det var den drøm hun havde haft en nat her kort før jul. Det havde ellers været en rigtig hyggelig julekomsammen aftenen før. Men drømmen var altså virkelig skræmmende.*

Hun lagde kniven tilbage på plads igen. Nu var hun færdig med at bruge den for denne gang. Hun havde naturligvis tørret den omhyggeligt af og vasket den under vandhanen, inden hun lagde den på plads hvor den hørte hjemme. Det siger næsten sig selv. Hun var jo et ordensmenneske.

Hun satte sig til rette ved det lille bord i køkkenet, skænkede sig en kop kaffe og tændte en cigaret. Det var sådan en lille luksus, hun kunne tillade sig i den slags situationer. Takket være Johnny.

Johnny kunne godt være barsk, også overfor fremmede. Det var det, han levede af. Ellers havde han ikke kunnet holde den levestandard, han gjorde. Hun heller ikke. De var ikke superrige. Ikke noget overklasse her.

Overhovedet ikke. Men der var mange andre, der havde det værre. Mange. Her i 2042 var velfærdssamfundet ikke nogen selvfølge. Velstand for almindelige mennesker heller ikke. Kun for dem, der var mere end almindeligt gode til at rage til sig. Det var Johnny. Og han var ikke særlig sart, når det gjaldt de metoder, han brugte.

Lidt efter tog hun kniven op af skuffen igen og gav den en ekstra tur med skrubbebørsten under vandhanen. Tingene skulle være helt rene og pæne. Så de skinnede. Blankpolerede. Uden den mindste plet. Det kunne hun bedst lide. Det var næsten blevet et helt lille ritual for hende efterhånden. Et lille beroligende ritual.

Klokken var kun tre om eftermiddagen, så det varede lidt endnu, inden hun skulle i gang med det.

Hun tog en lille slurk kaffe og et par sug af cigaretten. Hun havde brug for en lille pause, inden hun gik i gang med den næste opgave.

Hun kunne godt lide følelsen af at have styr på tingene. At det var hende, der bestemte. Hun kunne godt, når hun virkelig skulle. Så kunne hun pludselig meget mere, end nogen vist havde regnet med.

Cigaretten var røget ned. Hun skoddede den. Nu var hun klar til det næste, som hun skulle i gang med lige om lidt. Det mest afgørende den dag. Det var andestegen, der skulle i hus. Julemiddagen. Det var blevet svært her i 2042. Der var generelt forbud mod at spise kød. Af hensyn til miljøet og klimaet, naturligvis. Man kunne ikke længere købe kød på lovlig vis nogen steder. Det måtte skaffes illegalt. Selv når det var andestegen til jul. Eller en flæskesteg, som mange efterhånden måtte nøjes med. Prisen var naturligvis derefter. Men penge var ikke noget problem for Johnny.

Selv om man havde pengene til det, så var det ikke så ligetil. Man måtte kende et af de steder, hvor der blev solgt illegalt kød. Og passe på ikke at blive grebet på fersk gerning. Myndighederne var jo godt klar over, hvad der foregik her op til jul, hvor folk var parat til at gøre næsten hvad som helst for at holde fast ved den gamle juletradition om andesteg eller til nød flæskesteg til jul. Eller i hvert fald en eller anden form for kød. Derfor blev der patruljeret ekstra meget på gaderne op til jul, så man måtte være forsigtig. Arresthusene var altid overfyldte til en gang hen i februar. Det var de færreste der brød sig om at skulle tilbringe julen bag lås og slå.

Der var faktisk i årenes løb blevet lanceret flere forskellige forslag til en alternativ julemiddag. Naturligvis alle sammen plantebaserede. Men ingen af dem var slået an. Personligt ville hun faktisk ikke have haft noget imod en vegetarisk julemiddag. Men det ville Johnny under ingen omstændigheder gå med til. Til jul så skulle der kød på bordet! Basta! Det var hans holdning, og den var ikke til diskussion. Så for husfredens skyld var hun gået med til det også i år. Selv om det var ulovligt, og hun risikerede at blive sat fast, hvis hun blev stoppet af en julepatruljerne og de fandt en andesteg eller noget andet kød i hendes taske. Men det gjorde heller ikke noget indtryk på ham.

Hvorfor var det så hende, der skulle løbe risikoen ved at gøre noget kriminelt, når det var ham, der insisterede på, at de skulle have kød juleaften? Så kunne han da selv tage hen til et af de der steder i den skumle del af byen og købe noget forbudt kød. Men så enkelt var det ikke. De fleste af de der skumle mænd, der solgte illegalt kød, ville kun handle med kvinder. Det var fordi købsprisen ikke kun skulle afregnes i penge – selv om beløbene ellers var store nok. Der skulle noget mere til. Endnu en grund til, at hun havde været på nippet til at sige nej til det. Lige indtil Johnny begyndte at tale om, at så kendte han da andre kvinder, der godt ville, f. eks. hende der blondinen, som hun flere gange havde set ham sammen med.

Hvis bare det havde været lovligt, så ville hun da også helst have haft andesteg til jul. De der gamle traditioner havde et utroligt stærkt tag i en. Det måtte hun indrømme. Og nu var hun så ved at gøre sig parat til at gøre det, selv om det var ulovligt og strafbart. Hun tøvede kun et øjeblik ekstra, før hun tog frakken på og gik ud ad døren. Hun havde hørt om et sted, hvor de ikke var helt så slemme som ellers. Hun så sig forsigtigt omkring. Der var vist fri bane. Men da hun drejede om det næste hushjørne, hørte hun lyden. En politisirene, der hurtigt kom nærmere og nærmere.

Hun vågnede badet i sved og med et hjerte, der galopperede afsted. Det varede lidt, før det gik op for hende, at der stadig var mange år til 2042.

# En ordentlig julefrokost

Okay, nu så det endelig ud til, at der skulle ske noget lidt spændende. Julefrokost! Lad os se, hvad der kan komme ud af det. Eller hvad der rent faktisk kom ud af det ved den specielle lejlighed.

Men jeg synes bare, det er lidt kedeligt, eller lidt forkert, rettere sagt, når Maria siger, at der er nok af alting, og der så overhovedet ikke er det alligevel. Det gør hun hele tiden. Det er sådan en uvane, hun har. Hun definerer det på en helt mærkelig måde. For eksempel mener hun, at 4-5 øl i køleskabet er nok. Og det er ikke fordi, der ikke er plads. Skabet er stort nok, og det er alligevel aldrig fyldt helt op.

Maria, det er hende, jeg bor hos for tiden, efter de seneste ændringer i min tilværelse. Ja, det er jo ret nyt endnu. Ikke sådan helt fast. Men næsten. Hun siger selv, at det nærmest er sådan en juleting. Hvad hun så mener med det. Men der kan jo ske lidt af hvert i løbet af sådan en god lang juleferie. I hvert fald hos mennesker med en lidt mere farverig livsstil.

Det er nok lidt af et tilfælde, at det gik sådan, som det gjorde. Måske. Det ene ord tog det andet, og så tog udviklingen pludselig fart. Sådan går det jo nogle gange, og især i denne her lidt hektiske tid op til jul, hvor det hele står sådan lidt på hovedet, og man gerne vil hjælpe julestemningen lidt på vej med både det ene og det andet. Det var selvfølgelig ved en af de der før-julefester, at det skete. Også kaldet julefrokoster.

Men det udviklede sig altså ret vildt. I hvert fald i forhold til, hvad jeg havde forestillet mig, da jeg overvejede, om jeg skulle gå med til den. Det var lige før, jeg var blevet hjemme. Faktisk havde jeg været til en anden julefrokost dagen før, og en del af natten med, og jeg var stadig lidt påvirket af den. Så jeg overvejede at droppe nummer to og blive hjemme og pleje mine tømmermænd og min medynk med mig selv. Men det gad jeg alligevel ikke, da det kom til stykket.

På den anden side kan det også godt tænkes, at det netop var, fordi jeg ikke var blevet helt færdig med julefrokost nr. 1, sådan rent kropskemisk, også kaldet efterbrandert, at jeg pludselig følte mig ret vildt inspireret til at finde min gode gamle natvilje frem igen og tage hen til den der nr. 2 julefrokost også. Det kan slet ikke udelukkes.

Jeg kendte faktisk slet ikke rigtig Maria i forvejen, ikke ret meget i hvert fald. Kun sådan lidt mere overfladisk. Men da julefrokosten startede, altså den der nr. 2, så kom jeg næsten helt tilfældigt til at sidde lige ved siden af hende. Og hun virkede faktisk både rigtig sød og relativt fredsommelig. Som sådan et menneske, som man kan komme ud af det med uden de store problemer. Det er faktisk rigtigt. Sådan virkede det altså. Og ud på aftenen, selv i natbegyndelsens muntert overrislede tilstand, og det gjaldt såmænd os begge to, da var det helt klart mit indtryk. Ja, måske endnu mere end i starten.

Vi følte os faktisk ret godt på bølgelængde, eller jeg gjorde i hvert fald. Måske næsten endnu mere end Maria. Eller måske var jeg bare lidt mere højrøstet omkring det. Det kan såmænd også godt være. Men det var hende, der inviterede mig med hjem. Det vil jeg godt understrege.

Så det hele virkede ganske tilforladeligt, så vidt som det nu er muligt inden for den her genre, som jeg efterhånden har befundet mig i temmelig længe, og som nok nærmest er gået mig i blodet efterhånden. Og naturligvis ekstra meget her i december, hvor blodet også tit er under påvirkning af andre væsker, så det tit går op i en højere enhed, eller også det modsatte. Men faktisk var det ikke kun julemåneden, der var skyld i det, for jeg havde været undervejs med noget i den stil gennem længere tid. Efter et års tid med Bodil, som ikke rigtig kom i luften alligevel.

Men jeg var egentlig rigtig godt tilfreds med byttet. Altså at have byttet mellem Bodil og Maria. Eller at være blevet byttet imellem dem, for jeg spekulerer lidt på, om det i virkeligheden mere var sådan, det gik til. For når jeg skal sige det, som det var, så var det jo alligevel ikke helt sådan, at Maria var en slags bytte, jeg havde nedlagt, sådan i stil med en jæger, der går på jagt ude i skoven. Nej, sådan var det jo ikke helt. Så gammeldags og undertrykkende og mandschauvinistisk er jeg som regel ikke. Faktisk var det lidt anderledes. Nærmest omvendt. Man må jo følge med tiden, når man nu ikke kan andet.

Jeg har selvfølgelig også godt hørt den der teori om, at hos alle pattedyrene, og altså også hos de mest udprægede af dem alle sammen, altså mennesket, der er det hunnen, der vælger sin partner. Okay, den skulle man så lige fordøje. Men hvorfor så ikke prøve at kringle den, så man kan få lidt fordele ud af det også. For så er det jo også hendes ansvar, hvis det viser sig, at hun har valgt forkert, så det ikke rigtig fungerer alligevel. Så det behøver slet ikke at være manden, der er noget galt med eller som ikke har gjort det godt nok. Det er bare hende, der ikke har været god nok til at vælge. Ha, ha, smart ikke. Det troede jeg i hvert fald.

Men rent bortset fra december og al dens væsen, så kunne det faktisk godt se ud, som om det denne gang snarere var mig, der var det bytte, der blev nedlagt. Eller det, der blev slåssedes om mellem Maria og Bodil. Nogle gange kan det faktisk være ret spændende med den slags. Og måske allermest, når man er i et bestemt humør, hvor man sidder sådan lidt på udskiftningsbænken, fordi man lidt for ihærdigt har prøvet at reparere på sine decemberskader.

Sådan en situation, hvor det meste kommer til at virke som et muntert og kulørt show, der er bedre og mere medrivende end de fleste TV-serier. Og man ville da være godt dum, hvis man ikke også blev lidt smigret af det. Især hvis de begge to er ret vildt søde og flotte og charmerende.

Når lidt af sandheden skal frem, så knagede det nok allerede lidt mellem Bodil og mig, da Maria kom ind i billedet. Lidt gjorde det i hvert fald. Og efterhånden som julefrokosten skred frem og min natvilje vågnede mere og mere, så knagede det ganske meget, både mellem Bodil og mig, og mellem Bodil og Maria og hvad som helst. Og så vil jeg slet ikke nævne noget om kopirum. Der, hvor man laver kopier af alt lige fra fyresedler til elskovserklæringer. Jeg er bare indædt modstander af det meste af det, der bliver sagt den slags steder. Så er det sagt. Sådan nogle steder er slet ikke beregnet til snak. Ikke ud over det allermest nødvendige i hvert fald.

Men det var altså sådan, det gik til. Dengang var jeg alt for optaget af min julestemning til at lade være med ikke at være særlig stolt af det. Sådan var det bare. Det kom først senere.

Så skete der noget dramatisk. Der gik vist helt kiksekage i den alternative ølforsyning, og det fik nogle konsekvenser for, hvor jeg skal bo henne.

Det viste sig nemlig, at der var noget knas i forsyningen med de liflige grønne og brune flasker, der var en slags fundament under julefrokosten. Problemet var, kort fortalt, at Maria havde engageret sig i en alternativ ølleverance, mens Bodil havde været med til at arrangere det vigtige hjørne af julefrokosten, der handlede om det mere officielle ølindkøb. Her var hun, som en typisk ansat i en regnskabsafdeling, gået efter det billigste tilbud med mængderabat fra et eller andet discountlager af et øldepot. Det var ikke Harboe, men det var tæt på. Det siger ligesom også lidt om hende, ikke? Så måske er det ikke så mærkeligt, at jeg havnede hos Maria. Ikke alene havde Bodil ikke forstand på øl, hun var også nærig, og det endda med andres penge.

Så havde Maria udvist langt større initiativ og handlekraft. Hun havde nemlig sørget for et ganske pænt udvalg af forskellige specialøl, først og fremmest udenlandske, både fra Tyskland og Belgien og Tjekkiet og Spanien og Mexico, og et par steder til. Så der var virkelig noget at vælge imellem, og alt sammen af super kvalitet. Hun havde virkelig gjort det godt. Og det endda, selv om hun slet ikke havde noget med hverken indkøbsafdelingen eller selve arrangementet at gøre, men bare havde en flink chef, der lod hende gøre, som hun ville. Hun havde endda også sørget for et mindst lige så godt udvalg af sprut, der i løbet af kort tid hjalp festens deltagere med at komme ud af den øjeblikkelige virkeligheds spændetrøje, som hun selv kalder det.

Det er utroligt, som folk kan komme op at skændes om sådan noget med øl og sprut, for eksempel ved sådan en lejlighed som denne her. Sådan noget pjat gider jeg ikke spilde min tid på. Jeg nøjes med at drikke det. Det er det, det er beregnet til. Problemet var jo, at Maria på eget initiativ og uden om systemet havde sørget for nogle langt bedre øl og noget meget bedre sprut end det officielt indkøbte sjaskværk. Hvilket naturligvis straks blev benægtet af dem, der syntes, hun havde været lidt for proaktiv, og som stædigt prøvede at fastholde det umulige argument, at man da alligevel ikke kunne smage forskel. Bodil følte sig jo forbigået, og sådan set med en vis ret. Og i øvrigt havde hun vist nok i forvejen et eller andet modsætningsforhold kørende med Maria.

Det virker lidt dunkelt, hvad det egentlig gik ud. Og det må det for min skyld også gerne blive ved med. Men Bodil greb naturligvis straks sin del af aftenens uenighed og fik lavet lidt af et show ud af det. Godt og grundigt opmuntret af en højrøstet gruppe fra bogholderiet. Det lykkedes virkelig at få lavet rav i den og få mange flere af deltagerne revet med i det.

Endnu værre blev det, da en eller anden opdagede, at nogle af Marias øl var brygget på et af de der trappistbryggerier i Belgien, og straks brølede det ud over hele forsamlingen. Hvilket fik en vittig hund til at brøle tilbage, at den slags skulle han ikke tale højt om, når det nu netop var et bryggeri, der blev drevet af de der trappistmunke. Sådan var stemningen blevet på det tidspunkt, og den blev det endnu mere, da han med høj og klar stemmestyrke kastede sig ud i en længere forklaring om, hvad det handler om med sådan et trappistbryggeri.

Og at det slet ikke har noget at gøre med, at øllet er brygget på et gammelt kloster fra før elevatoren blev opfundet, selv om det er det jo faktisk. Men det er bare ikke derfor, det hedder sådan, for det har slet ikke noget med trapper at gøre. Hø, hø. Men at det snarere handler om, at dem, der besøger sådan et kloster, ikke kan få noget at vide om, hvad det går ud på, undtagen ved at høre efter alt det, der ikke bliver sagt. Hvilket vist heller ikke passer helt, for det er vist kun indbyrdes, munkene ikke må tale sammen.

Men der var selvfølgelig nogle, der skulle brodere videre på det, nu emnet var blevet sat i gang. Der var straks én, der gjorde opmærksom på det paradoks, der lå i, at netop dette trappistøl, der efter traditionen var brygget i dyb tavshed, kunne gøre folk så veltalende, som den her diskussion jo var et klart eksempel på.

Så var der straks en anden, og det var altså desværre nok mig selv, der var blevet så veltalende af det fantastisk gode øl, at jeg luftede en på det tidspunkt meget dybsindig teori om, at det jo netop var derfor. At alle de ord, der ikke var sagt i klosteret under brygningen af øllet, ligesom stadig lå gemt i øllet, som en slags ressource, man kunne trække på, eller snarere fik hældt i sig, når man drak øllet. Ligesom hvis man sætter pengene i banken i stedet for at bruge dem med det samme. Og så til gengæld kan bruge dem senere. Hvad jeg så selv gjorde i rigt mål. Altså de der opsparede ord i øllet. Jeg syntes ikke engang, min forklaring var spor fjollet, før nu bagefter.

Men der var altså stadig fuld gang i den der julefrokost. Den trak jo ud, sådan som den slags meget ofte gør. Og som det vel egentlig også er meningen.

De råbte og skreg stadig ad hinanden. Altså Bodil og Maria, ind imellem alt det andet. De havde hver deres hold af tilhængere, der bakkede dem op. Og nu var det også alt muligt andet, de skændtes om. De havde jo allerede været alle argumenterne igennem flere gange, så det begyndte at blive lidt ensformigt. Men så kom Bodil pludselig på banen igen med noget mere forvrøvlet trappistsludder og begyndte på en lang historie om det for at dreje lidt mere sympati over på sin side. Og så husker jeg faktisk ikke så meget mere af alle deres argumenter, eller noget andet for den sags skyld, før jeg vågnede op her en gang i løbet af formiddagen, og faktisk slet ikke havde særlig lyst til at huske noget fra aftenen og natten.

# Julens tunge godstog

Disse dalrende dovne depressionsdybe decemberdage, disse dage uden for nummer, udenfor al fornuft, udenfor alting, gennemvædet af julesnaps og druknet i gløgg.

Disse dage, man kæmper sig igennem, uanset om man er sammen med familien, eller er sammen med nogle andre, eller ikke er sammen med nogle andre, altså er alene. Kort sagt, uanset hvad, så slæber man sig igennem disse dunkelmørke decemberdage, som et godstog med overlæs, op ad en stejl bakke og ind gennem en tunnel, der møjsommeligt er hugget ud for at komme igennem et ufremkommeligt bjergmassiv et sted i Alperne. Det er sådan det føles.

**Spisevognens domkirke**

Men heldigvis er der da også et par enkelte passagervogne med i det lange, tunge, langsomt kørende godstog, der kæmper sig vej op ad den stejle skråning og ind i den mørke tunnel. Og endnu mere heldigvis, for det er jo heldigvis noget om et sted, der minder om noget her i landet, så er der også en spisevogn med toget. Endda en rigtig velforsynet gammeldags spisevogn af den type, der ellers ikke findes på jernbanerne mere, men det her er jo jul, ikke, så selvfølgelig er det en rigtig velforsynet spisevogn, med både mad (julemad selvfølgelig) og drikkevarer (alskens julesprut selvfølgelig) i overflod. Det er det, der gør, at man kan holde det ud.

”Uden mad og drikke duer helten ikke” lyder et gammelt ordsprog, og netop her i juledagene er det endnu mere sandt, rigtigt og vigtigt end ellers. Man må simpelthen have noget at styrke sig på undervejs.

### I en kø af julegængere

Det er dage, man kæmper sig igennem til fods. Ja, det er udpræget til fods, ind gennem den der bjergtunnel, måske er man blevet sat af toget, fordi man havde glemt at tjekke ind med sit rejsekort, jeg ved det ikke, det er også lige meget hvorfor, men jeg ved bare, at det er til fods, og tunnelen går opad, opad. Den smalle, snævre gang skråner opad, og man slæber på en stor sten af jeg ved ikke hvad, men den er tung. Næsten som den Sisyfos, kunne have fået i julegave (muligvis pakket ind i ergonomisk korrekt rygsæk af økologisk genbrugsnylon). Ligesom ham Sisyfos kæmper vi os op ad den stejle skråning og ind i denne kulmørke bjergtunnel, bærende på hver sin sten eller betonklump, som man ikke bare kan give slip på, for så triller den tilbage ned ad den skrånende gang og rammer de andre, der kommer gående eller vaklende eller kravler op ad gangen bag ved én selv.

## Sisyfosnisserne

Så ond kan man jo ikke få sig selv til at være – og da slet ikke her i juletiden – og desuden håber man jo selv så inderligt, at alle de julegængere og sisyfosnisser, der er foran én selv i den lange række, vil opføre sig lige så ansvarligt og for alt i verden lade være med at give slip på deres tunge sten, så man ikke selv risikerer at få en af de forankravlende sisyfosgængeres løse sten i hovedet, eller få benene slået væk under sig, hvis stenen kommer trillende ned mod én.

For tænk – hvis nu en af de foran gående pludselig giver slip på deres sten, enten for at lette deres byrde, eller af ren og skær træthed og udmattelse, eller fordi de simpelthen falder om, og dermed også spærrer vejen videre frem, så man ovenikøbet også bliver spærret inde i denne dystre, mørke, klamme, fugtige bjergtunnel. Fremad! Fremad! Fremad mod julen!

Så skål da!

# Hun ville flygte fra julen

Hele december måned, mens hun sled med at bage de mange sukkerkringler, havde hun tænkt over det. Skulle hun blive, eller skulle hun bare stikke af fra det hele? Kunne hun være det bekendt over for sin familie og de andre, der regnede med hende? Var hun sikker på, at det var det, hun ville? Ville hun ikke selv komme til at fortryde det? Hun kunne ikke bestemme sig.

Ikke før to dage før jul. Da hun var blevet færdig med alle de mange sukkerkringler og havde gjort de andre ting klar. Det var nok en slags pligtfølelse, der gjorde, at hun i hvert fald ville gøre denne opgave færdig, så hun ikke bragte dem alle sammen i forlegenhed, inden hun rendte af pladsen, som hendes mor og bedstemor ville sige.

Men nu var hun blevet færdig med dette års sukkerkringler. Og de andre ting, hun skulle tage sig af. Det hele var på plads. Hendes del af det i hvert fald. Pludselig var hun ikke i tvivl længere. Nu skulle det være. Det gjaldt om at følge den indskydelse, hun pludselig havde fået, inden den forsvandt igen. inden hun mistede modet og ombestemte sig.

Hun pakkede de mest nødvendige af sine ting i en rygsæk. Så fandt hun sin gamle cykel frem fra skuret. Hvis hun kørte afsted i sin bil, ville det straks blive bemærket. Så hun tog cyklen og cyklede ad skovvejen ned til jernbanestationen i nabobyen. Det var en underlig følelse, sådan bare at tage af sted fra det hele. Uden at sige farvel til nogen af dem, hun kendte. Ikke engang sin mor og sine søskende. Eller sin elskelige gamle bedstemor, som nok var den, der ville have allersværest ved at forstå det.

Men det var den eneste måde at gøre det på. Ellers ville de sætte himmel og jord i bevægelse for at overtale hende til at blive. Og så ville hun ikke kunne modstå deres pres og alle deres overtalelser for at få hende til at blive. Sp ville hun ombestemme sig og bare blive. Det vidste hun.

Men hun havde efterladt et brev til dem, hvor hun forklarede situationen, så godt hun kunne, og understregede, at de ikke skulle være urolige for hende. Hun havde ikke nogen planer om at gøre skade på sig selv, eller noget i den retning. Hun trængte bare til luftforandring og til at prøve noget andet. Så de skulle ikke begynde at efterlyse hende eller lede efter hende. Hun havde det udmærket, hun var bare rejst til København, og hun skulle nok lade høre fra sig, skrev hun.

Nu var hun nået så langt. Til jernbanestationen. Hun sad på en bænk på en næsten mennesketom perron. Hvorfor kom toget ikke? Det plejede da ikke at være så meget forsinket. Hun var jo taget af sted, så det passede med togtiderne. Til sidst fik hun at vide, at togdriften på den lille enkeltsporede sidelinje var blevet midlertidigt indstillet, fordi et IC-4 togsæt var brudt sammen og holdt stille ude på linjen. De arbejdede på at skaffe nogle togbusser, men regnede med, at der nok ville gå 3-4 timer, før det lykkedes. Der var nemlig hårdt pres på de busser, de havde til rådighed, på grund af flere tilsvarende nedbrud.

Sussanne orkede ikke at sidde og vente 3-4 timer på at der kom en togbus. Der var ikke engang en opvarmet ventesal, man kunne sidde i. hendes energi på at rejse væk fra det hele var kølnet, mens hun sad og ventede. Så hun opgav sit flugtforsøg, fandt sin cykel i stativet foran den lille stationsbygning og cyklede lidt slukøret hjem til byen og familien og pligterne igen. hun blev modtaget med åbne arme, for de havde allerede undret sig over, hvor hun var henne, og om der var sket hende noget. De havde ringet til hendes mobil adskillige gange og havde undret sig over, at hun ikke tog den. Men det var jo med vilje, hun ikke besvarede deres opkald. Fordi hun ikke ville overtales til at blive. Men nu var hun vendt tilbage alligevel. Så det endte alligevel med, at hun kom hjem til jul, trods hendes planer om at stikke af. Brevet, hun havde lagt, havde de heldigvis ikke fundet endnu, så det skyndte hun sig at tage tilbage og rive i småstykker. Hun lod som om hun blot var cyklet en tur for at få lidt motion og noget frisk luft.

Næste dag var det så lillejuleaften. Dagen for det store traditionsrige juleoptog. Det var en anden af de gamle lokale juleskikke, som på sin vis hang sammen med julestuen. Det var nemlig her, ved juleoptoget, at alle årets sukkerkringler blev båret tværs gennem byen til forsamlingshuset, hvor julestuen skulle holdes.

Det var en del af det store årlige juleoptog lillejuleaften, hvor så godt som alle deltog, helt ned til de mindste babyer, som deres forældre havde medbragt i barnevogne. Det var en af de store familiebegivenheder i dagene op til jul, og hun huskede det selv som en hyggelig juletradition fra sin egen barndom.

Kernen i optoget var en gruppe på 20 af landsbyens unge kvinder, der bar sukkerkringlerne gennem byen i store gammeldags spånkurve. De 10 af dem var iklædt røde nissedragter med hvid plysbesætning og bar de røde sukkerkringler i hvide spånkurve. Den anden halvdel af dem var iklædt hvide nissedragter med ræd plysbesætning og de bar de hvide sukkerkringler i rødmalede spånkurve.

Forrest i juleoptoget gik en både høj og bred julemand i traditionelt julemandskostume, ledsaget af sine to hjælpere. De bar alle tre på store sække med julegaver, som skulle deles ud til børnene på byens tegning.

Derefter fulgte et lille blæserorkester, der spillede julemelodier. Derpå kom de 2 gange 10 kringlebærere, der gik parvis, og en rød og en hvid ved siden af hinanden. Bagtroppen udgjordes af den hvide julemand, eller frostmand, som han blev kaldt. Han var ledsaget af de to frosthjælpere. De var alle tre klædt hvide julemandsdragter med rød plysbesætning. De bar alle tre ligesom den røde julemand og hans hjælpere på hver sæk med julegaver til børnene. Blot var gaverne her af en mere spændende og ofte halvforbudt karakter, for eksempel hos gys-og-gru-ting, nogle af de rigtig barske computerspil og så videre. Det var der tradition for. Der var med garanti eller nogen bløde pakker eller pæne, fornuftige julegaver imellem dem fra en hvide frostmand og hans to frosthjælpere. Derfor var det selvfølgelig også dem, børnene var mest spændt på at få. De var naturligvis afpasset efter barnets alder og køn.

Hele hovedgaden, der for længst var lavet til gågade ligesom i de fleste andre byer, var udsmykket med juledekorationer og granguirlander tværs over gaden. Og masser af funklende lys, der næsten skabte en hel eventyrstemning der sidst på eftermiddagen og først på aftenen, hvor mørket allerede var faldet på.

I den anden ende af hovedgaden lå byens forsamlingshus, og det var optogets mål. Efter at de røde sukkerkringler og de hvide sukkerkringler var blevet behørigt og højtideligt afleveret til en af julevogterne, samledes alle byens borgere, både børn og voksne, til fælles lillejuleaftens-middag med andesteg og flæskesteg og ris a la mande, på byens regning. Derefter fik børnene deres gaver, en fra hver af de to julemænd, den røde og den hvide. Det var byens julegaver til børnene. De fik naturligvis også julegaver dagen efter, på selve juleaften, af deres forældre og familie på helt normal vis.

Derefter var der en ret almindelig juletræsfest resten af aftenen, eller indtil børnene skulle hjem og i seng.

Da Susanne det år gik med i juleoptoget, efter at være vendt hjem til jul fra sin mislykkede flugt, blev hun fyldt af endnu flere nostalgiske minder end ellers. Som barn havde hun elsket denne tradition på lillejuleaften og næsten betragtet den som den "rigtige" julefest. Nu mindedes hun den med blanke øjne, hvordan hun havde oplevet det dengang. Hun var glad for at hun ikke var kommet af sted. Hun var glad for, at skæbnen eller tilfældet eller hvad, det nu var, havde fået hende til at vende om, så hun alligevel var kommet hjem til jul. Det var her, hun hørte hjemme, uanset hvad ellers. Det vidste hun nu, da hun gik med i juleoptoget.

# Hun holdt jul for familien

Merete havde travlt i december, og endnu mere, når julen nærmede sig. Der var travlt på arbejdet. Men det var ikke det eneste. For hun har jo også andre ting at tage sig af. Andre forpligtelser, her i julen. Over for sin familie, simpelthen. Det er jo en meget vigtig del af julen for de fleste. Nu er hun jo fraskilt og har ikke som sådan nogen fast kæreste. Ikke så fast, at hun holder jul sammen med ham i hvert fald. Hendes voksne børn studerer begge to i Jylland og har begge en kæreste og en svigerfamilie der, som de gerne vil holde jul sammen med.

Men der er jo familie nok at tage af alligevel. Den lidt fjernere familie ganske vist, men den trænger jo også til en god og varmende oplevelse her i julen, måske endda i endnu højere grad.

Så de blev faktisk alligevel temmelig mange til jul hjemme hos hende.

Hendes gamle mor på 89.

Mors nye kæreste på 84.

Hendes far på 88.

Hendes moster på 87.

Hendes søster på 65.

Søsterens handicappede datter på 32.

Datterens kæreste

En søster til hendes mors kæreste

Dennes nabo, en kvinde på 83, der tidligere har været gift med mors nye kæreste

En 46-årig søn til mosterens fraskilte mand og en spansk ferieflirt. Sønnen er lige blevet smidt ud af sin kæreste.

De fleste af dem har ikke andre steder at holde jul.

Så ud på eftermiddagen får hun travlt. Nu skal hun i gang med at lave julemad til hele koret. Altså hendes familie med diverse påhæng. Nogle af dem har været uvenner i årevis, men nu lægger de velsagtens det på hylden i anledning af julen. Det håber hun hvert år. De har jo også alle sammen lidt forskellige juletraditioner med i bagagen og ofte lidt forskellige ønsker til, præcis hvordan julemaden skal være. Nogle vil have flæskesteg – en rigtig gammeldags ribbensteg med sprød svær og solid fedtmarmorering. Nogle andre foretrækker en skinkesteg uden så meget fedt, men stadig gris og sprød svær.

De fleste har dog valgt andesteg, så hun har hele to ænder i ovnen, det kan lige gå. Heldigvis har hun en ekstra ovn, så der også er en til flæskestegene.

Så var der noget af det allermest vigtige. Der skulle både laves flæskestegssovs til flæskestegene og andesovs til ænderne. Og det var absolutte ikke det samme. Begge dele skulle laves fra grunden. Der skulle også laves to slags rødkål. I hendes familie var det nemlig en gammel tradition at komme en solid sjat madeira i rødkålen for ligesom at runde den af med lidt sødt og lidt stærkt. Men der var tre af gæsterne, der havde alkoholproblemer, det vidste hun fra tidligere år. De to af dem havde været på antabus i flere år, men i år havde hun fået at vide, at der var en til på antabus, så hun måtte sørge for at lave mere alkoholfri rødkål.

I øvrigt var der også et par stykker, der absolut skulle hele menuen igennem, så de først fik en lille portion risengrød, så flæskesteg, derpå andesteg og til sidst en portion ris-a-la-mande, for den enes vedkommende med vaniljeis og kirsebærvin, mens den anden foretrak det helt traditionelt uden nogen af de to tilsætninger.

Så der var nok at holde styr på. hun havde travlt med at nå det hele, det er vist ikke for meget sagt. Men hun havde jo heldigvis prøvet det mange gange før.

Og når de så kom, så var det jo faktisk meget hyggeligt. Det var dejligt at se, hvor meget de nød det. Det var det hele værd.

Men når de så var taget hjem med diverse taxaer sidst på aftenen og havde sagt tak for en alletiders juleaften, så var det altså også som om hun havde fået jul nok lige foreløbig.

# Julebondeanger

Jeg kan faktisk ikke huske så meget fra selve den juleaften. Kun nogle spredte glimt. Der havde været ret meget gang i den. Med både det ene og det andet. Der var vist flere, der havde taget godt for sig af retterne, på mere end en måde.

Til sidst faldt der lidt mere ro over det hele, og et stykke tid virkede det hele ret normalt. Bodil og Maria råbte heller ikke helt så meget ad hinanden mere. Det kunne nu ellers godt være ret underholdende ind i mellem. Men nu var der vist kun nogle enkelte små gnidninger tilbage imellem dem.

Sådan opfattede jeg det i hvert fald, for jeg var blevet så søvnig af al den snak og den gode julemad og den fremragende rødvin, som der var rigeligt af, så jeg faktisk helt spontant tog mig en lille lur, godt tilbagelænet på noget, der mindede lidt om en sofa. Heldigvis vækkede Maria mig, inden vi skulle hjem. Måske syntes hun, at det var for besværligt, hvis hun skulle slæbe mig ned ad trapperne.

Ja, sådan var det altså at holde jul sammen med Maria. Det var faktisk meget hyggeligt, men måske noget anderledes, end jeg havde regnet med. Hendes familie var faktisk i sig selv ret overvældende. Maria kan godt overraske nogle gange, det har jeg efterhånden fundet ud af. Jeg ved for eksempel ikke, hvorfor hun havde inviteret Bodil med til vores første juleaften sammen. Og så netop Bodil. Jeg troede jo, at de var rygende uvenner og virkelig hadede hinanden sådan rigtig indædt. Men nu sad de og hyggesnakkede som gamle veninder, der havde kendt hinanden altid. Og i det hele taget det, at det ikke bare var os to. Det var lidt underligt. Men jeg gider altså ikke og sidde og udbrede mig om det i alle detaljer. Skal vi ikke bare sige, at det hører ind under privatlivets fred, hvad der sådan mere konkret skete den aften og om natten.

Næste dag så er der sket noget. Så er det blevet første juledag. Og så er det ikke særlig sjovt længere. Maria er stået tidligt op og taget afsted på juleferie og hun er ikke alene og jeg sidder bare her og må finde på noget for ikke at kede mig helt vildt. Det går helt over gevind. Det var slet ikke sådan, jeg havde tænkt mig det.

Dengang med Bente, da plejede vi at kalde det for 1. julenat, 2. julenat og 3. julenat. Og vi gav hinanden gaver tre nætter i træk. Men det var dengang. Sådan er det ikke mere. Nu her i dag vågnede jeg sent, selv om jeg ikke engang havde sovet særlig godt.

Der er ikke rigtig noget at stå op til på sådan en 1. juledag. Især ikke, når man er alene efter en lidt mærkelig juleaften, hvor det ikke helt gik, som jeg ville.

De er taget af sted begge to. Både Maria og Bodil. Hjem til familien i provinsen. Hver sin familie, hver sin by. Men de fulgtes ad ind til toget. Det kunne de jo lige så godt, sagde de. Det lød næsten, som om de havde planlagt det på forhånd.

Så nu sidder jeg bare her og glor. Jeg havde jo regnet med, at vi skulle være sammen hele julen, Maria og jeg. Det er virkelig surt show. Jeg sidder bare her og keder mig helt vildt. Hvad skal man foretage sig sådan en grå og trist 1. juledag, når man ikke har nogen at gøre det sammen med?

Jeg måtte jo finde på et eller andet. Så efter lidt sen morgenmad og lidt sen frokost og lidt ekstra pleje af mine tømmermænd, så besluttede jeg, at jeg at gå en lille tur hen til cafeen, der hvor jeg plejer at komme. Bare for at se, om de tilfældigvis skulle have åbent på sådan en højhelligdag.

Det havde de faktisk. Så jeg gik ind og satte mig. Der var ikke ret mange mennesker. Men lidt efter kom der et par af de andre, dem jeg plejer at mødes med derhenne. De havde det samme problem og havde fået den samme idé. Så vi slog os sammen og fik noget ordentligt sat på bordet. Den her overgemte julestemning måtte skylles ned med et eller andet.

Samtalen tog en lidt pjattet start. Men hvad andet kan man forvente på sådan en dag.

Det var Martin, der lagde ud.

Han sagde: jeg var ude at missionere mine løbefødder lidt her i formiddags, og henne på torvet stod Frelsens Hær og motionerede deres budskab med fuld messingsuppe og det hele.

Jeg var nødt til at gribe ind.

Stop, stop, sagde jeg. Du bruger ordene helt forkert. Det hedder at motionere sine løvefødder, ikke at missionere dem. Og Frelsens Hær motionerer ikke henne på torvet. De missionerer.

Martin: Du siger det også forkert. Jeg sagde ikke løvefødder, men løbefødder.

Nu blandede Paul sig og sagde: Der er da mange ord, hvor man udtaler 'b' som 'v'. For eksempel ordet kobber.

Kenny ville også være med: Det er da kun, hvis det staves med to b'er. og det gør løbefødder ikke.

Paul igen: hvad så med peber. Der er da kun eet b.

Kenny: jamen, det udtales, som om der er to b'er. eller rettere sagt to v'er. Pevver, siger man.

Jeg måtte lige bringe det tilbage på sporet igen.

Jamen, sagde jeg. Man siger da også 'jeg løvver lige en tur' med to v'er i stedet for et enkelt b.

Martin: Jamen, så udtaler du det stadig forkert. Så skal du ikke sidde der og sige løve-fødder. Så skal du sige løvve-fødder. Med to v'er. Ellers bryder du dine egne principper.

Kenny følte, at han skulle kloge sig igen:

Sikke I vrøvler. Det er slet ikke så kompliceret. Det hele hænger sammen. Forskellen er, at når min kæreste spæner rundt på fortovene og motionerer, så missionerer hun i den grad for en sund livsstil. Det kan jeg godt fortælle jer. Det indrømmer hun også gerne selv. Og når Frelsens Hær står henne på torvet og missionerer med taler og sange og hornmusik, hvad er det så, de gør? Jo, de står og øver sig på at trænge igennem med deres budskab. Og at øve sig er det samme som at træne, og at træne er det samme som at motionere. Så altså kan man godt sige, at de står og motionerer deres overbevisning for at optræne deres budskab til at få en større gennemslagskraft. Det er meget enkelt. Det hele hænger sammen.

Endelig var han færdig med sin lange smøre, og Nu skulle Paul lige sige noget.

Det plejer at være to andre ord, man kæder sammen med hornmusik, sagde han og grinte smørret.

Martin: Sgu da ikke i Frelsens Hær.

Jeg måtte lige korrigere.

Jamen, det er jo bare en teori om det, du har der. Okay, det kan da godt være, det er rigtigt. Men dybest set, så aner du jo ikke, hvad det er, de taler om, når de først begynder at tage det lidt mere afslappet med hornene. Du gætter bare. Eller du har måske fordomme om dem? Du har jo ingen konkret viden om det. Det er fuldstændig useriøst.

Paul: Det er da lige så useriøst at beskylde min kæreste for alt muligt. I er da komplet latterlige, hvis I tror, hun ville ligge og gøre det med nogen fra Frelsens Hær. Tror I ikke, hun har nok i mig, måske?

Jeg gjorde et tappert forsøg på at opsummere, inden det endte helt ude i hampen:

Altså, når man motionerer, så bevæger man sine løvve-fødder. Dem, man løvver på. Men når man er ude for at missionere, så gælder det om at stå fast på sine gode solide løve-fødder, så man ikke bliver væltet omkuld af tilfældig modvilje eller mistro, eller simpelthen af manglende lydhørhed over for det budskab, man kommer med.

Så enkelt er det, sagde jeg, og tilføjede: og samtidig så kompliceret.

Men det var mest for at få det til at lyde lidt dybere og mere filosofisk.

Paul løftede hånden og gjorde V-tegnet med fingrene, mens han sagde:

Husk V-tegnet, venner! Det er vigtigt! Hvis vi bare husker vores v'er og det rigtige antal af dem, så skal det hele nok gå. Så skal vi nok lykkes med både motioneringen og missioneringen og alt fry andet. Bare vi ikke løvvvvvvvvvver fra v'erne!

Martin: sikke dog nogle vrøvlehoveder. SKÅL!

Og det var nok det mest fornuftige, der blev sagt i den diskussion. Så jeg skyndte mig at give ham ret. Vi trængte i den grad til at blive lidt mere seriøse.

ANDRE BØGER AF HENRIK NEERGAARD PÅ FORLAGET BoD, Books On Demand

# TRAGEDIEN OM OFELIA (Hæfte 1)

En mega fri gendigtning af Shakespeares Hamlet – fortalt fra Ofelias point of view. Det er en dystopi, der foregår i to amerikanske storbyer, Monkey City og Sleazytown, i årene omkring 2037. Ofelia er eneste overlevende efter den massakre, det udviklede sig til i hendes hjemby, Monkey City, da Hamlet lod sig overtale til at hævne sin far, gangsterbossen Earl Windella, der brutalt var blevet myrdet af sin bror. Ofelia flygtede til nabobyen Sleazytown, hvor hun skal fortælle sin historie til hele fem psykiatere som led i en såkaldt resocialisering for hendes type af immigranter.

Udkommer som føljeton i en række hæfter.

Hæfte 1 – 40 sider – Pris 50 kr. – ISBN 9788743045601

## Den digitale litteraturs velsignelser

En dejlig utraditionel og på mange måder tankevækkende bog, undertiden krydret med en befriende humoristisk tankegang. Ikke uden overraskelser, anderledes vinkler og en lille gætteleg for læserne. Uventede associationer, indsigter og synsvinkelskift kan ikke udelukkes.

Bør formentlig læses af alle andre end computerprogrammører og andre digitale fagnørder, på hvem den sikkert vil virke ret provokerende.

144 sider, kr. 148,- ISBN 9788743008798

# FLYVE-HAVRE Nr. 5

Nogle forskellige indspark i samtiden. Fra Windy City Ghost Town, en alternativ vindmøllepark et sted i Sønderjylland, over den nye Store Bededag, hvor det er miljøet og klimaet, der står i centrum "Klodens og klimaets juleaften," som en af forfatterens venner kalder det. Med en økologisk og klimavenlig festmiddag, og hvad der efterhånden vil blive tilføjet af traditioner. En verdslig helligdag, alle kan samles om, uanset religion og kulturel baggrund. Når Mette F. har afskaffet den gamle St. Bededag, så må befolkningen tage revanche og selv skabe en ny og bedre Store Bededag i stedet for den, der blev fjernet – også selv om det bliver uden officiel fridag og med en beskeden start fra scratch. Rent praktisk kunne den hvert år ligge 5. juni, samme dag som grundlovsdag, hvor mange i forvejen har fri. Desuden små noveller om lidt af hvert, en tiggersang, et par digte – og hvorfor ikke en opdateret og mere munter udgave af Shakespeares Hamlet som julekalender i TV?

44 sider, pris 65 kr. ISBN 9788743054375